MAX SELTMANN

Erlebnisse mit Jesus

AF221416

MAX SELTMANN

Erlebnisse mit Jesus

Roman

1. Auflage 2021
Herausgegeben von Klaus W. Kardelke

Bibliografische Information der Deutschen Nationalbibliothek: Die
Deutsche Nationalbibliothek verzeichnet diese Publikation in der
Deutschen Nationalbibliografie; detaillierte bibliografische Daten
sind im Internet über http://dnb.dnb.de abrufbar.

Herstellung und Verlag: BoD – Books on Demand, Norderstedt
ISBN 978-3-7534-0695-4

Inhaltsverzeichnis

I. Besuch eines Römers und eines Priesters im Hause Josefs

Im Hause Josefs war wieder der Friede eingekehrt, denn der Vater Josef fing an, Mariens Sohn freundlicher zu begegnen. Maria war voller Freude, denn längst hatte sie sich damit abgefunden, ihren Sohn so zu sehen, wie es Josef wünschte.

Ein römischer Kommissar betrat das Haus und fragte nach dem Zimmermann Josef. „Hier bist du recht", antwortete Josef. „Ich bin bereit, dir zu dienen!"

Da sagte der Römer: „Lieber Freund, gerade zu dir wollte ich. Aber nun habe ich Unglück mit meinem Wagen gehabt. Ich brauche Hilfe, ein Rad ist gebrochen."

„Da kann geholfen werden. Maria, rufe Joel herein, damit wir den Herrn zufrieden stellen können."

Maria ging in die Werkstatt und rief Joel, der auch gleich mit in das Zimmer ging. Der Römer unterrichtete Joel über seinen Schaden und bat, er solle auch, solange die Arbeit dauert, für das Pferd sorgen.

Josef bot dem Römer ein freundliches Willkommen an und er solle, solange die Arbeit dauert, sein Gast sein.

In diesem Augenblick betrat Jesus den Raum und grüßte mit einem Kopfnicken. Josef sagte, mit der Hand nach Maria zeigend: „Das ist mein Weib und dieser ist mein Sohn."

Maria sah dem Römer frei ins Gesicht. Dieser aber wendet sich zu Josef und spricht: „Dein Weib und dieser dein Sohn, das ist schwer zu glauben. Doch du bist ein Jude und römischer Bürger, da muss es wahr sein."

Sich zu Jesus wendend, spricht er: „Junger Mann, wenn ich dich so ansehe, so möchte ich deinen Vater beneiden, denn mir haben die Götter noch keinen Sohn beschert. Machst du auch deinem Vater rechte Freude?"

Sagte Jesus: „Ich bemühe Mich, Meinem Vater rechte Freude zu machen. Aber Josef ist nicht Mein Vater."

„Was, nicht dein Vater? Alter Freund Josef, was muss ich hören, er will dein Sohn nicht sein?"

„Es ist so, Jesus ist nicht mein Sohn. Es ist ein Geheimnis um Seine Geburt, aber Maria ist wirklich seine Mutter."

„Das ist mir rätselhaft", entgegnete der Römer. „Hoffentlich wirst du mir alles erklären über dieses junge Weib und diesen jungen Mann. Ich hielt beide für Geschwister."

„Gern, lieber Herr, will ich dich aufklären, da es auch mir leichter wird, so ich einmal alles sagen darf, was mich so bedrückt."

„Bist du unglücklich, lieber Freund, so ein junges, schönes Weib und einen so gesunden Sohn zu haben? Mann, versündige dich nicht, denn du scheinst wirklich das große Elend nicht zu kennen, das ich fast täglich erlebe. Hast du Grund zu klagen über deinen Ziehsohn?"

„Ja, und auch nein, lieber Herr. Er ist mitunter so schlimm, dass ich verzweifeln möchte. Was ich meinen Gott und Herrn schon angefleht habe, kannst du nicht ermessen."

„Was muss ich hören, lieber Freund? Das musst du mir erklären. Verweigert Er dir den pflichtschuldigen Gehorsam?"

„Nein, lieber Herr, das ist es ja eben. Er ist fleißig, ernst, fast zu ernst. Aber Er weiß um alles besser denn ich und meine Söhne. Was aber das Schlimmste ist - Er geht nicht mit meinem Glauben. Sein Gott ist ein anderer denn der unsrige. Für Ihn gibt es keinen Tempel und Priester, und wehe denen, die Ihn eines anderen Sinnes machen wollen. Er ist eben ein Mensch, der nur einen Gott kennt, der in Seinem Inneren lebt. Er behauptet, mit dem zu verkehren, und es scheint mir oft, als hätte Er recht."

Joel kam und meldete, dass er Pferd und Wagen versorgt habe. Aber vor morgen sei nicht daran zu denken, dass der Wagen fertig werde.

„Dann sei solange unser Gast, lieber Herr", sagte Josef, „mir ist es sogar lieb. Vielleicht hast du Glück, mit Jesus zu sprechen; denn Er ist schweigsam, wenn Er nicht reden will."

Der Römer: „Lieber Freund, vielleicht behandelst du deinen Ziehsohn doch nicht recht. Hast du Ihn noch nicht geprüft, dass Er fühlen muss, dass du das Beste mit Ihm willst? Junge Leute haben oft einen ganz anderen Sinn. Bist du noch nicht auf Seine Ideen eingegangen? Denn auch ich könnte nicht mit euren Priestern gehen, die das Gottesgebot nur von ihren Gläubigen verlangen, aber selbst nicht daran denken, es vor- und auszuleben. Darf ich einmal mit dir, junger Mann, sprechen? Ich fühle mich schon von Deiner Gegenwart so angezogen, dass ich Dich am liebsten mitnehmen möchte."

Sagt Jesus: „Es tut Meinem Herzen ungemein wohl, aber erschrecke nicht über Meine Rede, denn niemals würde Ich Vater Josef und Meine Mutter verlassen, wenn es Mein ewiger Vater nicht wünschte."

„Wer ist Dein ewiger Vater, oder darf ich es nicht wissen?"

„Doch, lieber Freund, du sollst es sogar wissen, denn Mein Vater in Mir will, dass du für heute unser Gast sein sollst. Denn durch Mich sollst du Meinen ewigen Vater kennen lernen, da Vater Josef denselben einfach ablehnt. Noch mehr, auch Meine Mutter und Meine Schwestern und Brüder dürfen Ihn nicht anerkennen, es sei Sünde gegen seinen Gott und ewigen

Herrn Zebaoth."

„Josef, du alter Freund, hast du noch nicht ernstlich geprüft? Hätte ich einen Sohn, wie diesen da, ich würde ihn prüfen auf Herz und Nieren. Ich kenne Moses, wie auch die Propheten. Ich kenne auch die Lehren unserer Götter. Ich konnte mich noch nicht entschließen, mich auf die Seite unserer oder eures Gottes zu stellen. Und warum? Weil ich etwas vermisse, was mein Inneres berührt. Ich will ganz offen zu dir sein. Die Gegenwart deines Ziehsohnes löst in mir etwas aus, was ich noch nicht erlebte und ich sage Dir ganz offen, mein junger Freund, der Du mich Freund nanntest, mit Dir möchte ich nicht rechten. Du hast etwas in Dir, dem ich nicht widersprechen möchte. Es muss wirklich in Dir etwas sein, weil Du in Deiner Armut bleiben möchtest. Ich bin reich an irdischen Gütern, habe viele Leibeigene, aber keinen Sohn und Erben und ein krankes Weib, das trotz aller Anstrengungen der Priester und großem Kostenaufwand nicht gesund werden will. Was nützt mir alles Vermögen, wenn mir die Freude in meinem Leben fehlt? O lieber Freund Josef, dank dem Himmel, um dich ist Gesundheit - du darfst dich freuen über dein junges Weib und deine gesunden Kinder."

Sagt Jesus: „Lieber Freund, was würdest du sagen, so Ich dir sage: Deinem Weibe kann geholfen werden, wenn du alle deine Götter in einer tiefen Grube begraben und dich auf die Seite des Gottes der Juden stellen würdest."

„Ich würde sagen, lieber Freund, Du rätst mir, ich solle mich auf die Seite des Gottes der Juden stellen und Du besuchst keinen Tempel und lehnst ihre Priester ab, wie mir Dein Nährvater sagte. Würdest du sagen: ‚Nimm Zuflucht zu meinem Gott', da würde ich nicht zögern. Wahrlich, Du wirst mir auch zu einem

Rätsel. Nun sage mir offen: Wer, was und wie ist Dein Gott? Warum hast Du Deinen Brüdern und Eltern noch nicht verraten, wer, was und wie Dein Gott ist?"

„Freund, Ich will dir keine Antwort geben. Aber du, Vater Josef, gib du diesem Freund die Antwort, weil Ich dir nicht wehe tun will."

Maria kam von der Küche herein und sagte: „Vater Josef, wollen wir nicht das Mahl einnehmen? Unser Gast wird hungrig sein. Es ist alles bereit."

So wurde das einfache Mahl eingenommen. Josef betete nach seiner Art. Jesus aber schwieg. So verlief das Mahl still, nur die Söhne unterhielten sich nach dem Essen über eine Arbeit und baten Josef, Jesus solle in der Werkstatt mithelfen, sonst würde die Arbeit nicht fertig werden. Josef kam der Bitte seiner Söhne nach und schweigend ging Jesus mit seinen Brüdern in die Werkstatt.

Der Römer war nun mit Maria und Josef allein. Da sagte er: „Nun bitte ich dich, lieber Freund Josef, gib mir die Antwort, die ich von deinem Sohn erwartete."

„Was soll ich dir antworten? Meinen Gott kennst du aus Moses und den Propheten, an den halte ich mich. Er war mir bisher alles und in Ehren bin ich alt und grau geworden. Wahrlich, ich genieße eine Achtung von all denen, die im Tempel zur Ehre Gottes und für Ihn schaffen. Aber es ist vieles anders geworden. Gottes Kraft hat nachgelassen. Wo sind die Erlebnisse aus Gott bei und nach der Geburt Jesu. Wie wurde ich geführt und getragen - und heute? O lieber Freund, was soll ich noch sagen. Mit Jesus komme ich nicht mit. Das Schlimmste für mich ist aber dies: Jesus hat recht mit Seinem Gott, den Er in sich fühlt, der Ihm Anweisungen Seines Handelns gibt. Ich rang schlimmer als Jakob um das Ende dieses Zustandes - und es ist alles Ringen und Beten vergeblich geblieben. Wie oft schrie ich zu meinem Gott und Herrn. Aber er blieb stumm und Jesus ging, wie ohne jegliches Mitleid, Seine eigenen Wege, sehr zum Leidwesen Seiner Mutter. O ich könnte dir Dinge erzählen, die unglaublich klingen. Als ich Zuflucht suchte bei unseren Priestern, da erlebte ich Schreckliches. Nur da, wo man Ihn zu verstehen suchte, ging es gut aus. Aber wenige waren es. Die Wenigen aber fürchteten Ihn wie die Pest, weil ein jedes gesprochene Wort auch schon eine Tat war."

„Aber, lieber Freund Josef, ich begreife dich nicht. Wenn du alle diese Dinge recht bedacht hättest, müsstest du doch auf andere Schlüsse kommen. Hast du niemals gedacht, dass dein Sohn doch Recht hätte mit Seinem Gott, dem Er hörig ist? Du scheinst kein Menschenkenner zu sein, denn dein Sohn Jesus flößt mir ein Vertrauen ein, wie ich es an wenigen Menschen erlebt habe. Und bedenke, mit welcher Bestimmtheit Er sagte, wenn ich mich auf die Seite des Gottes der Juden stellte, würde mein Weib wieder gesund. Welcher Gott ist nun der wahre und rechte - dein Gott oder der Gott, dem Jesus hörig ist?"

„Freund, ich bin geschlagen. Es ist nur ein Gott, und an einen anderen Gott zu glauben, verbietet mir mein Glaube, der im Gesetz verankert ist."

„Freund Josef, ich bitte dich, rede klar und offen. Ist dein Gott ein anderer als der Gott des Jesus? Ich bitte um eine klare Antwort! Ich habe das größte Interesse, schon um meines Weibes willen."

„Was soll ich antworten? Gehe ich mit meinem Sohn Jesus, muss ich den Tempel und seine Priester meiden. Bleibe ich dem Tempel treu und bleibe hörig den Priestern, meidet mich Jesus. Nur um meines Weibes willen bin ich in letzter Zeit ruhiger geworden und will alles tragen um meines Sohnes willen."

„Lieber Freund Josef, deinen Glauben in Ehren, wie

auch die Verbundenheit mit dem Tempel und seinen Priestern, aber geht es nicht um den wahren und ewigen Gott? Siehe, ich bin ein Heide nach euren Begriffen, unsere Götter wollen aber auch das Gute und Wahre! Siehe, unser Staatswesen - ist es nicht geschaffen, um die ganze Welt glücklich zu machen, ein Reich der Gerechtigkeit, gegründet auf den Lehren unserer Götter? In Moses aber sind so viele Lücken von Gerechtigkeit, die eure Priester überbrücken; aber von Humanität kein Gedanke.

Ich stelle mich ab jetzt auf die Seite deines Sohnes Jesus und bitte Ihn, mir Beweise zu geben, dass Sein Gott doch der wahre und rechte ist."

„Lieber Freund, störe den Frieden meines Hauses nicht, denn es ist genug des Unfriedens."

„Freund Josef, wenn aber du selbst der Grund allen Unfriedens in deinem Hause bist, was dann?"

Ein Freund des Hauses Josefs war gekommen. Er wollte sich wieder verabschieden, aber da stand der Römer auf und sagte: „Bleibe, du Freund des Josef. Ich will einmal nach meinem Wagen sehen, damit ihr beide euch einig werdet und der Zweck des Besuches Erfüllung finde."

Der Römer ging hinaus in den Hof und in die Werkstatt, wo Joel noch an dem Wagen beschäftigt war. Jesus kam sofort dem Römer entgegen und sagte: „Mein Vater lässt dir danken für die Worte, die du an Josef gerichtet hast. Aber nun habe Ich eine Bitte. Gehe wieder in das Haus und erlebe die Liebe Meines Vaters, die dir offenbaren wird, welcher Gott der wahre und rechte ist. Dein Wagen wäre fertig, wenn dich Mein ewiger Vater nicht gebrauchen würde."

Kopfschüttelnd geht der Römer wieder in das Haus zurück und sieht Maria, wie sie wieder geweint hat. Tränen - denkt er, Tränen um einer Sache willen, die mit Jesus zusammenhängt. Ich muss dem Ruf Jesu folgen und rasch steht er im Zimmer, wo die beiden Freunde in aufgeregter Weise sich nicht einigen. Beide schwiegen, aber der Römer sagte: „Freunde, wollt ihr nicht weitersprechen? Darf ich vielleicht den Schiedsrichter machen? Ich habe alle Vollmachten als Richter."

Spricht der Freund Josefs: „Herr, was soll ich verschweigen, es wird Klage geführt über seinen Sohn Jesus. Ein befreundeter Priester, welcher mit gutem Recht die Art verwies, die Jesus auslebt, liegt krank mit Fieber in seinem Hause und kein Priester kann ihm helfen. Dass dieser die Krankheit Jesus verdankt, ist bewiesen. Denn Jesus sagte zu ihm: ‚Dir muss Zeit und Muße gegeben werden, um zu unterscheiden, was die rechte Art zu leben ist.'

Seit diesem Ausspruch ist der Priester krank und ich bin gezwungen, es dem Tempel zu melden. Josef lehnt aber jede Unterhaltung ab mit der Begründung, ob auch mir dasselbe widerfahren solle wie dem Joram. Das kann ich mir doch nicht sagen lassen. Denn mit scheelen Augen sehen alle Bewohner in Nazareth diesen Jesus an. Es muss sich doch was finden lassen, dass uns allen nicht noch Schlimmeres widerfährt von diesem Jesus."

Spricht der Römer: „Lieber Freund, heute sah ich diesen Jesus das erste Mal in meinem Leben. Ich habe etwas anderes an Ihm gefunden. Auch ich habe Ursache zu klagen über mein Weib, das unheilbar krank daniederliegt. Und was riet Er mir? Ich solle mich auf die Seite des Gottes der Juden stellen, dann würde mein Weib gesund. Auf meine dringende Frage an Jesus, wer, was und wie der wahre und rechte Gott sei, verwies Er mich an Josef, da ich Ihm den Vorwurf machte, dass Er niemals in den Tempel gehe, noch einen Priester in Anspruch nehme. Ich bin ein Heide und kann ohne weiteres nicht an den Gott der Juden glauben. Nun bist du gekommen und führst Klage gegen Jesus. Ich darf nicht ohne weiteres zu allem Ja sagen, da ich Jesus vernehmen muss. Was ist deine Meinung?"

Sagt der Freund Jonas: „Lieber Herr, das Unrecht liegt doch offen und klar vor uns. Jesus steht dem Tempel und seinen Dienern feindlich gegenüber. Und wer Ihm Sein Unrecht vorhält, ist gestraft. Dies sind Tatsachen, die für uns sprechen. Der Fall Joram ist nicht der einzige, mehrere kann ich dir nennen. Doch ich komme nur um Jorams willen. Ich glaube kaum, dass Jesus einen Freund in Nazareth hat."

Der Römer: „Wollen wir einmal Jesus hören!"

Ohne dass Jesus gerufen wurde, trat Er in das Zimmer und sagte: „Meine Gegenwart macht sich nötig, darum verzeihet, wenn Ich eure Unterhaltung störe. Du, Jonas, führst Klage gegen Mich, der Ich eure Gedanken kenne und dir, lieber Freund Sardellus, danke Ich schon im Voraus, weil du ein unparteiischer Anwalt sein willst."

„Jesus, wer hat Dir meinen Namen verraten, den ich in meiner Jugend trug? Kannst Du nun auch den Namen nennen, den ich jetzt tragen muss?"

„Gewiss, lieber Freund Sardellus. Man nennt dich heute Sardellus Pirius. Es war dir nicht recht, weil dich deine Mutter immer nur Gregor nannte."

„Du hast recht gesprochen. Aber weißt Du auch, dass ich jetzt als ein Richter vor Dir stehe und alle guten Empfindungen für Dich ablegen muss. Also frage ich Dich auf Grund der Anklage des Priesters Jonas: Ist die Anklage berechtigt oder nicht?"

„Nach seinen Rechtsbegriffen ist sie berechtigt. Aber seine Begriffe kann Ich nicht gelten lassen, da Ich niemals gefragt wurde, aus welchen Gründen Ich so handeln muss. Denn Ich kann Mein Handeln belegen laut Moses und den Propheten. Dann ist es doch nicht Meine Schuld, so Ich kein Verstehen finde."

„Jonas, was hast du zu erwidern auf die Rede Jesu?"

„Hat man schon einmal gehört, dass ein Priester gefragt werden muss, ob auch sein Handeln mit der Schrift zu belegen ist? Noch niemals ist es vorgekommen, dass ein Sohn gläubiger Eltern nach seinem eigenen Gutdünken handeln darf. Wie oft hat Josef geklagt über seinen Sohn Jesus."

Spricht der Römer: „Hier steht nun Aussage gegen Aussage. Jesus, darf ich Dich bitten, mir die Antwort zu geben auf die Frage: Aus welchen Gründen handelst Du so, trotz der vielen Bitten Deiner Eltern? Denn eines könnte ich mir nicht vorstellen, dass Du aus selbstherrlicher Liebe Deinen Eltern und somit dem Tempel und seinen Dienern zum Ärgernis wirst."

„Sardellus und du, Jonas, höret! Aus ehrlichem Herzen kam deine Frage, lieber Freund Sardellus, und darum bist du auch einer ehrlichen Antwort wert. Jedem würde Ich so geantwortet haben, wie Ich es jetzt tue. Immer bin Ich der von ‚Beelzebubs Geist' Verführte und nur der Rebell. Dass Ich aber als ein mit großen Aufgaben erfüllter Mensch das Erdenkleid trage und so sein muss, kommt keinem in den Sinn. Über Meine Geburt ist der Tempel voll und ganz im Klaren, auch ist der Tempel unterrichtet über Mein Leben von Meiner Geburt an und große Hoffnungen setzte der Vater Josef, wie auch römische Würdenträger, auf Mich.

Mit Meinem zwölften Jahre wurde dem Tempel Gelegenheit gegeben, Mich anzuerkennen als den längst Verheißenen und mit Sehnsucht Erwarteten. Was geschah? - Abgelehnt wurde Ich und nur dem Machtwort eines Römers hatte Ich es zu verdanken, dass Ich frei reden konnte. Seit der Zeit werde Ich immer beobachtet.

Was aber geschah mit Mir? Ich war Mir Meiner Mission als Mensch bewusst. Aber Ich konnte es nicht vollbringen ohne die Hilfe Gottes. Diesen Gott, dem Ich alles danke, was in Mir aus Ihm Mein Eigentum werden muss, fühle und erlebe Ich und bin mit Ihm in ständiger Verbindung. Er ist die Quelle, aus der Ich schöpfe und so lange schöpfen muss, bis Ich Selbst zu einer Quelle werde!

Bis zu Meiner Prüfung im Tempel wurde es Mir geschenkt, so zu reden wie Gott. Von da an musste Ich ringen in Mir und mit Mir, dass Ich eins werde mit Gott, der gleich einem Samenkorn in Mir lebt und es nur Meine Sorge sein muss, dieses Samenkorn oder den Keim des Gotteslebens, zu einer Reife zu bringen, um selbständig zu wirken als der Sohn Gottes, der die Vollmacht aus Gott erhalten hat.

So will Ich dir, Sardellus, einen Beweis geben, dass Meine Worte ganz im Sinne des ewigen Gottes, den Ich Vater nenne, sind. So sage Ich dir, dass es deine Mission ist, nachzuforschen, was aus dem Sohn der Maria und des Josef geworden ist. - Du warst auf dem Wege zu Josef. Und die Auskunft über Mich wäre eine ganz andere geworden, wenn dein Wagen nicht versagt hätte. Nun bist du genötigt, dich näher umzusehen im Hause Josefs und erlebst, was dir zum Heile werden wird. Nun rede du, Meine Antwort hast du und Jonas gehört."

„Jonas, nun rede du. Was hast du zu erwidern?" sagt der Römer.

„Herr, was soll ich sagen. Ich betrachte die Rede des Jesus als eine Vermessenheit, die in der Geschichte des Volkes Israel noch nicht gehört wurde. Ich kann mich erinnern, da Jesus als Zwölfjähriger uns allen zum Lehrer wurde und die Sache mit dem Esel ein gewaltiges Aufsehen machte. Aber nur das Wort des Hohenpriesters hat für uns Geltung."

„Jonas, dein Wort hat keine Kraft und auch keine Logik. Das Wort Jesu aber ist klar, eindeutig und voller Kraft. Denn ich staune, dass Jesus meinen Besuch, verbunden mit einer geheimen Mission, erkannt hat und mir den Beweis erbrachte, dass wirklich Kräfte in Ihm schlummern, die nur Gutes wollen.

Nun frage ich dich, Jonas: Was wirst du nun tun in Fragen des Joram? Jesus sagte ja nur: Dir muss Zeit und Muße gegeben werden, um ein wahrer Priester zu werden. So ähnlich hast Du, Jesus, wohl zu ihm gesagt? Ist das eine Drohung oder eine Handlung, die in Erwartung bleibt, ob sich Joram zu einem wahren Priester findet?! Und wenn Josef dir ganz freundlich sagt: ‚Tue nicht, wie Joram wollte', ist das ein Grund, Josef als ein schwarzes Schaf zu bezeichnen? Dir, Jesus, sage ich: Habe Dank für Deine Offenheit.

Es ist nun noch die Frage zu beantworten: Wessen Wort gilt, Dein Wort oder das Wort des Hohenpriesters? Jonas, rede du, aber frei und offen. Ich bin kein Feind des Tempels."

„Herr, was soll ich sagen. Ein ganzes Leben gehörte ich dem Tempel. Ich könnte mir kein anderes Leben vorstellen, als nur dem Tempel hörig zu sein. Was Jesus sagte, ist mir schleierhaft. Seine Worte: ‚Diesen Gott, Dem Ich alles danke, was in Mir aus Gott Mein Eigentum werden muss, fühle und erlebe Ich und bin mit Ihm in ständiger Verbindung' - können nicht in mich eingehen. Dann weiter das Wort: ‚Er als Gott ist die Quelle, aus der Ich schöpfe, bis Ich Selbst zur Quelle werde' - ist der größte Wahnsinn. Wie kann ein Mensch ein Gott werden? - Jesus, nun frage ich Dich als ein Priester aus Jehovas Gnaden, wie willst Du das beweisen? Jetzt bin ich der Ankläger vor dem Richter Sardellus. Das ist mir noch lange kein Beweis, dass Du die Mission des Römers erkannt hast, denn alle Zeit gab es Männer, die aus der Macht Beelzebubs gewirkt haben. Nun rede Du."

Jesus spricht: „Jonas, selig wärest du, wenn du Meinen Worten geglaubt hättest. Nun frage Ich dich im Beisein unseres Richters und der Gegenwart Gottes: Welchen Beweis soll Ich dir geben? Ich frage dich im Auftrag Meines Gottes, den Ich in Mir vernehme. Ich könnte dir noch mehr enthüllen, aber du hast das Weltgesetz angerufen."

Langes Schweigen, dann sagte der Römer: „Jonas, warum schweigst du? Es geschieht dir doch nichts. Es ist dein gutes Recht, Beweise zu fordern."

„Dann sorge dafür, dass Joram im Augenblick hier gesund erscheint."

„Nein, Jonas, du verlangst etwas, was Mein ewiger Vater nicht will. Denn Joram wird erst wieder gesund, wenn er ein wahrer und rechter Priester werden will. Und das will er noch nicht. Verlange etwas ganz anderes, ein Etwas, was nur Gott möglich ist."

„Jesus, das ist nur eine Ausrede, ich beharre auf meinem Wunsch."

„Jonas, Ich lasse nicht mit Mir handeln, darum, Sardellus, verlange du als Richter etwas, was nur Gott möglich ist."

Sagt der Römer: „Jesus, Du bringst mich in große Verlegenheit. Doch jetzt habe ich einen Gedanken. Wäre es möglich, dass Du einen Engel Gottes beauftragen könntest, mein Weib hierher und gesund wieder nach Rom zu bringen? Es müsste doch einem Gott möglich sein, der alles erschaffen konnte."

„Sardellus, es sei! Gott ist dir gnädig. Aber lasse es

dir nicht zu einem Muss werden, denn Gott will frei ge-
liebt werden."

Jesus war in sich versunken. Still sahen es die Männer und Maria. Da öffnete sich die Tür und ein Jüngling
führt eine verhüllte Frau in die Stube und verneigt sich
vor Jesus.

Sardellus springt auf: „Diana, du bist hier? O Jesus,
verzeihe mir, dass ich Dir ein Richter wurde. Kniend
danke ich Dir für den Beweis Deiner Liebe, Gnade und
Macht!"

Spricht Jesus: „Stehe auf, Sardellus, danke Meinem
Vater im Himmel und gib deinem Weibe den rechten
Willkommensgruß. Denn deinem Wunsch muss ent-
sprochen werden, sie muss wieder zurück nach Rom."

Jonas wollte sich zurückziehen, aber der Jüngling
sagte zu ihm: „Freund, bleibe und erlebe die Herrlichkeit Gottes um deinetwillen."

Sardellus umarmte sein Weib und fragte: „Diana,
wie kommst du hierher? Weißt du, dass du in Nazareth
bist bei dem kommenden Messias?"

Sie spricht: „Sardellus, ich weiß um nichts. Aber
höre, Schreckliches liegt hinter mir. Wie habe ich mich
nach dir gesehnt. Mein Leiden verschlimmerte sich
täglich. Die Priester taten, was in ihren Kräften stand,
aber alles war zwecklos. Nacht umgab mich, ganz fins-
tere Nacht. Ich war frei von Schmerzen und ich fürch-
tete mich in dieser Finsternis und rief nach dir, rief
nach den Göttern - alles war zwecklos. Da dachte ich
an den unbekannten Gott und hell leuchtete es vor mir
auf und ein Mann stand vor mir, den ich noch niemals
gesehen hatte. Er hob mich in die Höhe und sagte zu
mir ganz leise: ‚Vertraue dich dem unbekannten Gott
an und du wirst leben!'

Da kam ich in einen Zweifel. Wo nehme ich einen
Priester des unbekannten Gottes her? Und da kam

dieser Jüngling, ergriff mich, umschleierte mich und mir vergingen die Sinne. Ich erwachte vor dieser Tür und da bin ich."

Josef, Maria und Jonas treten näher, begrüßen die Frau und heißen sie willkommen.

Der Engel aber sagte: „Nur eine Stunde darf die Frau hier bleiben. So ist es der Wille des Herrn."

Er verneigte sich vor Jesus und fragt: „Darf ich hier bleiben, solange bis ich meinen Dienst vollbracht habe?"

Da reicht Jesus dem Jüngling die Hand und sagte: „Tue, wie es dir der Herr geheißen. Doch schweige zu allen, damit der Weg frei werde für Mich."

Sardellus war erschüttert, er konnte wenig sprechen, aber Jesus sagte: „Sardellus, Mein Bruder und Freund, bitte nicht darum, dass dein Weib länger hier bleiben soll, denn sie muss auf demselben Weg wieder zurück nach Rom, aber als Gesunde! Ich darf nicht anders handeln, da es doch nur darum geht, den Beweis zu erbringen, dass alles, was Ich sagte, nicht Meine Worte waren, sondern die Worte Meines Vaters, der in Mir wohnt."

Sagt Sardellus: „Jesus, nach dem Willen Deines Vaters soll alles so geschehen, weil Dein Vater auch der meine werden soll und es eben geworden ist!"

Jesus spricht zu Diana: „Du aber, Diana, hast vorläufig genug an dem unbekannten Gott, denn deine Götter musst du von selbst ablegen. Deine Gesundheit gab dir der ewige Gott, den man den Gott der Juden nennt. Lasse dich nicht irre machen, denn deine Götter sind ohne Licht und Leben. Der wahre und ewige Gott aber ist Liebe und Leben! In wenigen Monaten ist Sardellus wieder bei dir und die Segnungen aus deinen Liebestaten werden dir Lebensfreude über Lebensfreude bringen.

Sardellus, dir aber sage Ich, beende deine Mission, denn du wirst mit großer Sehnsucht in Rom erwartet. Du wirst viel Ärgernis erregen. Aber sei getrost, der Gott, der in Mir der Helfer, Leiter und Begleiter ist, wird auch der deine sein.

Du, Jonas, willst du noch mehr wissen? Dann werde der wahre und rechte Freund Meines Nährvaters Josef. Nur um eines bitte Ich euch alle: Schweiget, schweiget! Denn noch ist es nicht an der Zeit. Schweiget um Meinetwillen, damit Ich die Vollendung erreiche, die nötig ist, um als Gottes Sohn Meinen ewigen Vater allen zu offenbaren."

Still wurde es um alle. Aber Diana sagte: „Sardellus, was bedeutet denn dies alles. War ich denn tot und bin ich wieder lebendig geworden? Wie komme ich denn hierher zu dir, wo du, meine allergrößte Sehnsucht, bist?"

„Diana, lass dir Zeit, bis ich wieder in Rom bin. Heute habe ich Gott, den wahren und ewigen gefunden und erlebt in Wirklichkeit! Alle Götter im Hause verschwinden und alle Priester dürfen unser Haus nicht mehr betreten, außer sie kommen als Freunde. Sage niemandem etwas. Schweige wie eine Römerin schweigen kann und sobald du in Rom bist, bereite dich vor auf mein Kommen. Du bist ganz gesund und bleibst gesund, wenn du von allem Geschehen schweigst, da wir auf keinen Fall mehr die Handlanger falscher Götter werden dürfen."

Diana sagt: „Sardellus, ich freue mich, meine Dankbarkeit dem wahren Gott beweisen zu können, wenn Er nicht mehr verlangt als die Götter, denen wir opferten. Wie und was verlangt der wahre Gott, und an wen wende ich mich, um alles zu erfahren?"

Sagt Jesus: „Diana, Gott verlangt gar nichts, Er bittet an Ihn zu glauben, dass Er Liebe, Leben und

Barmherzigkeit ist und du alle Menschen liebst, als seien es deine Schwestern und Brüder!"

Sagt Diana: „Mehr nicht? O Sardellus, muss das ein herrliches Leben sein, lieben zu dürfen nach Herzenslust. Da geben wir allen Leibeigenen die volle Freiheit und sie sollen freie Menschen werden, damit auch sie lieben lernen. Ist das zu viel, Sardellus?"

„Diana, warte, bis ich heim zu dir komme, alles wird recht werden. Doch alles soll und wird geschehen, wie es Gott will. Und das will ich heute noch von Dir, mein Freund Jesus, erfahren. Darum geschehe Sein heiliger Wille an uns! Nun aber, Diana, freue ich mich auf zu Hause mit dir und nehme dich als Geschenk Gottes an mein Herz. Denn du warst tot und bist für mich wieder lebendig geworden. Du aber, du Bote und Diener deines und meines Gottes, tue deine Pflicht um Jesu willen."

Der Jüngling verneigt sich vor Sardellus und sagt: „Du Freund meines Gottes, welche Seligkeit bereitest du mir und wie freudig verneige ich mich vor deinem in dir erstehenden Gottesleben!"

Noch einmal verneigte sich der Jüngling vor Jesus, dann führte er Diana vor den anderen noch einmal zu Jesus, der wie segnend Seine Hände auf ihren Kopf legte. Noch eine Umarmung des Sardellus und beide, der Jüngling und die Frau, waren durch die Tür verschwunden.

Lange schwiegen alle. Dann sagte Jesus: „Vater Josef, willst du noch länger deinen Gott betrüben und du, Mutter, willst du noch länger traurig sein? Lasset doch Freude und Jubel in euer Herz einziehen, dann haben niedere Mächte keine Macht mehr in diesem Haus.

Du aber, Jonas, gehe sofort zu Jorem und offenbare ihm, was in deinem Herzen vorgegangen ist. Der Vater in Mir offenbart Mir, dass Er mit Wohlgefallen auf euch alle blickt und mit Sehnsucht die Stunden erwartet, wo das Liebesleben in uns allen zum Durchbruch gekommen ist. Sardellus, freue dich, dass du endlich am Ziel bist und erkennst, dass du das Wahre vom Falschen unterscheiden kannst.

Nun können die Brüder kommen, aber schweigen wir. Denn heute dürfen wir noch mehr der großen Gottesliebe und -güte erleben. Auch du, Jonas, komme wieder mit gereinigtem Herzen und viel Freude wird dir zuteilwerden."

Nun kamen die Brüder, denn der Tag neigte sich. Alle vorgesehene Arbeit war verrichtet, auch der Wagen war fertig. Aber Sardellus hatte kein Interesse an dem Wagen. Ihm war so unendlich wohl, weil er wusste, Diana, sein Weib, war wieder gesund und in Gedanken weilte er bei seinem Weibe. Da sagte Jesus: „Sardellus, dein Weib ist in guter Obhut. Überlasse alle Sorgen dem, der dir heute eine Liebe offenbarte, die kaum einem Sterblichen zuteilwird. Nicht Ich werde dir sagen: Dein Weib ist wieder in ihrem häuslichen Heim angekommen, sondern ein anderer."

Jonas war gegangen. Das Nachtmahl war vorüber. Die Brüder unterhielten sich über ihre Arbeit. Aber Sardellus hatte sich mit Josef in ein ernstes Gespräch vertieft. Josef wurde lebendig, als er erfuhr, dass es Cyrenius war, der Sardellus nach Galiläa und Judäa mit der Mission betraut hatte, nachzuforschen, was mit Jesus eigentlich vorgegangen sei, da die Nachrichten über Ihn sehr trübe seien.

Josef machte aus seinem Kummer kein Hehl. Aber es sei so schwer, klar zu sehen. Man könne doch nicht in der Vergangenheit leben, sondern müsse an die Zukunft denken.

Sagt Josef: „Schwer lastet die Sorge um Maria auf meiner Seele. Was wird werden, wenn ich zu meinen

Vätern in die Grube gehe? So ist am heutigen Tag wieder ein Lichtblick in mein Herz gefallen. Aber ich ahne, dass ich zu schwach bin, dem Tempel und seinen Dienern gegenüber die Wahrheit so zu vertreten, wie ich es eigentlich sollte."

Sardellus ließ sich von allem unterrichten, aber hier konnte auch er nichts tun. Der Tempel war zu einem Herrscherhaus geworden. Jonas kam, aber allein, denn Joram ließ nicht mit sich reden. Aber er sehe es ein, dass die Art des Tempels nicht die richtige sei.

Maria hatte sich an der ganzen Unterhaltung nicht beteiligen können und bat um Entschuldigung. Dann verlangte Josef nach Ruhe und auch die Brüder, mit Ausnahme des Jakobus. Dem wurde stattgegeben und dann wurde es ruhig im Hause Josefs.

Um den großen Tisch saßen nun die vier Männer und Maria. Da trat der Jüngling wieder in ihre Mitte und gab Sardellus ein kleines Päckchen mit einem Gruß von seinem Weibe. Dann verneigte er sich vor der kleinen Runde und sprach: „Mein Herr und Gott gab meiner Bitte Gehör, noch zwei Stunden sichtbar in eurer Mitte verweilen zu dürfen, um Fragen zu beantworten, die sich noch nötig machen."

Jesus neigte demütig Sein Haupt und sagte: „Sardellus, du möchtest doch gerne wissen, was in dem Päckchen ist und wie dein Weib wieder so schnell zurückgebracht wurde."

Sardellus machte die Hülle los und erschrickt. Er hatte ein Kästchen in der Hand, welches er seit Jahren vermisste. Er sah den Jüngling an und fragte: „Freund, wer du auch seiest, wie kommt das Kästchen in deine Hand? Es ist das Vermächtnis meiner Mutter, welches mir abhandengekommen war."

Sagt der Jüngling: „Sardellus, öffne erst das Kästchen und sage mir, ob etwas fehlt, damit ich es schnell noch besorgen könnte."

Sardellus öffnet es und ein herrlicher Schmuck wird sichtbar. Er nimmt denselben heraus, drückt einen Kuss darauf und gibt ihn Jesus. Jesus schaut ihn nur an und reicht ihn Seiner Mutter. Diese ist benommen von dem Glanz, kann aber kein Wort sagen. So geht er von Hand zu Hand.

Sardellus legt ihn auf den Tisch und spricht: „Freund, wie kommt Diana zu dem Kästchen? Um dieses Geschenk meiner Mutter hat beinahe ein Leibeigener sein Leben lassen müssen, da er des Diebstahls verdächtig erschien."

Erwidert der Jüngling: „Freund, nun höre. Als ich dein Weib ruhig und sicher aus meinen Armen der Wirklichkeit wiedergeben konnte, fragte ich, ob ich ihr noch einen Dienst tun könnte. Die Reise bis dort hatte keine sieben Minuten gedauert. So fragte mich dein Weib, wie es komme, dass ich es fertig brachte, in der denkbar kurzen Zeit dies alles so zu vollbringen.

Ich sagte: Nicht ich tat es, sondern mein Herr und ewiger Gott, ich bin nur Sein Diener. Es ist Sein Wille und so sei es geschehen.

Sagte dein Weib: ‚Wenn du wirklich ein Diener Gottes und mit göttlichen Kräften ausgerüstet bist, so verschaffe mir das Kästchen mit dem Armschmuck für meinen Mann. Dies ist meine Krankheit. Ich weiß nicht wo der Schmuck hingekommen ist, er muss in unserem Hause sein.'

Ich eilte in ein Nebengemach, hob eine hohle Götzenfigur von ihrem Platz und das Kästchen war sichtbar. Ich überreichte es deinem Weibe und so konnte ich es dir auf die Bitte deines Weibes bringen."

Sardellus: „O du herrliches Wesen, sage mir, wie alt bist du eigentlich? Du bist so schön anzusehen und so zart. Ist dir mein Weib nicht zu schwer geworden?"

Der Engel spricht: „Freund, betrachte nicht meine Gestalt; mein Alter ist nicht zu sagen, da es hier auf der Erde die Zahl nicht gibt. Und was meine Kräfte besagen, bin ich genau wie du so kraftlos. Aber in mir ist die Kraft Gottes, dessen Diener ich bin. Da ist mir kein Ding unmöglich, wenn es mein Herr und ewiger Gott will. Frage morgen Josef und jetzt Jakobus, der wird dir den rechten Bescheid geben. Hast du noch eine Bitte an mich, ich stehe dir zu Diensten."

Sardellus: „Jesus, sage mir, ob ich träume oder bin ich gar kein Mensch? Wahrlich, es ist bald des Guten zu viel."

Sagt Jesus: „Sardellus, glaube. Denn was du heute erlebst, soll für die Ewigkeit reichen. Ob du Mich noch einmal als Menschensohn erlebst, kann nur der Vater wissen. Dich aber, du Diener Meines Gottes und Vaters, bitte Ich, erfülle den Auftrag unseres Freundes Sardellus.

Du aber, Sardellus, gib dem Boten unseres Gottes den Auftrag nur in Gedanken. Er vernimmt es, als wenn du es laut ausgesprochen hättest. Doch du, Jonas, hast etwas auf dem Herzen. Sprich."

Sagt Jonas: „Ich bin tief beeindruckt von all dem Geschehenen. Verzeihet mir und auch den anderen. Freilich ist mir alles neu. So stelle ich es mir vor, dass Gott zu allen geredet hat durch einen Engel. Denn dieser Jüngling kann nur ein Engel sein!

Aber nochmals - der Schmuck? Dürfte ich dich bitten, du lieber römischer Freund, uns allen die Geschichte des Schmuckes zu erzählen. Der Verlust des Schmuckes muss dein Weib hart getroffen haben, weil sie so ernstlich erkrankte."

„Gerne Freunde", erwiderte Sardellus. „Meine Mutter schenkte mir den Schmuck, als ich fünfzehn Jahre alt war und auf der Jagd ein wildes Tier erlegt hatte.

Damals passte das Armband wie angegossen an den Oberarm. Da ich älter wurde, konnte ich es nicht mehr tragen, weil es nicht mehr passte. Meine Mutter aber hielt große Stücke auf diesen reinen Goldschmuck, weil es das Andenken an meinen Vater war, der es auch in seinen Jünglingsjahren trug. Immer habe ich es gehütet. Und als ich Diana zu meinem Weibe nahm, übergab ich ihr den Schmuck, den einmal mein Sohn tragen sollte. Er ging auf rätselhafte Weise verloren.

Alles Suchen war vergeblich und ein Leibeigener war von einem Priester des Diebstahls verdächtigt worden. Nur dem Bitten meines Weibes ist es zu verdanken, dass er das Leben behielt.

Und so liegt der Schmuck vor uns. Wenn möglich, möchte ich den Schmuck wieder an den Platz stellen."

Sagte Jesus: „Tue es nicht, denn da geht er verloren. Denn wenn du alle Götzen aus dem Hause schaffst, da ist zuvor schon das Kästchen verschwunden."

„Wieso?" fragt Sardellus.

Antwortet Jesus: „Weil ein Priester dieses Götzen Interesse an diesem Schmuck hatte und den Leibeigenen verdächtigte. Wäre dein Weib gestorben, hättest du den Schmuck nicht mehr gesehen. Daher behalte diesen Schmuck in deinem Gewahrsam und dein Sohn wird ihn einmal tragen."

„Jesus, ist es möglich? - Ja, es ist möglich, denn nun habe ich Dich erkannt."

„Schweige Sardellus, schweige und nochmals schweige, sage Ich dir. Aber stelle dich auf die Seite Meines Gottes und Vaters, und du wirst Seine Herrlichkeit erfahren und erleben. Deine Bitte wird dir der Engel erfüllen. Darum sei ohne Sorge und beherzige alles, was du heute noch hören und erleben wirst."

Der Engel verschwand. Da fragte Sardellus: „Wo ist der Engel hin? Es ist nicht schön, ganz ohne Abschied zu verschwinden."

Sagt Jesus: „Freund, er ist noch hier, aber für alle unsichtbar. Kommst du nach Rom, dann wirst du so manches über Mich erfahren und dann wird dir alles klar werden."

Nun fragt Sardellus den Jakobus, ob er ihm Auskunft geben möchte über Dinge, die er mit Jesus erlebt habe.

„Gern", sagte Jakobus. Und so erzählte er diesem Römer bis Mitternacht, was in seinem Herzen als Erinnerung lebendig wurde. Still und schweigend hörte der Römer und vor allen Dingen auch Jonas zu.

Dann sagte Jonas: „O Freund Jesus und du, Maria, wie tief stehe ich in eurer Schuld. Wie leicht wäre es gewesen und mir geworden, wenn ich aus Freundschaft alles geprüft hätte. Was soll ich tun, um eure Verzeihung zu erringen?"

Antwortet Jesus: „Nichts, nur als ein wahrer und rechter Priester deine Aufgaben zu erfüllen suchen. Denn es kommt die Zeit, wo auch ihr alle euch entschließen müsst, für Mich oder gegen Mich zu sein.

Du, Sardellus, wundere dich nicht, wenn Ich morgen wieder der dumme und stumme Jesus sein werde. - Gleich nach dem Morgenmahl wird dein Gefolge vor dem Hause sein und du wirst aus der Erinnerung zehren. Bewahre dir tief in deinem Herzen alles, was dir aus der Gnade Meines Vaters wurde, und sei versichert, immer wenn du dich im Geiste nach hier versetzest, wirst du Mich fühlen. Für deine spätere Zukunft sorge dich um nichts als nur um das, dass du ein rechter Römer bleibst, der den Gott der Juden zu seinem Gott gemacht hat.

Dass diese Meine Worte aber euch immer ein Wort des Lebens aus Gott bleiben sollen, so schauet um euch und unterhaltet euch mit denen, die um euch sind. Es sei!"

Eine kleine Stunde erlebten sie nun ein Stück Himmel. Sardellus seinen Vater und seine Mutter, Jonas nur seinen Vater, aber desto mehr Priester, die ihm im Leben nahe standen. Vieles erfuhren sie, doch nur das, was ihnen zum Heile wurde.

Früh war das Gefolge des Sardellus vor dem Hause eingetroffen und Sardellus wunderte sich nicht mehr. Er musste nur Gott danken! Jesus sah er nicht mehr.

II. Besuch des Laubhüttenfestes

Wieder nahte die Zeit des Laubhüttenfestes und Josef bereitete sich vor, mit Maria nach Jerusalem zu wandern. Nur eine Sorge bewegte ihn - wird Jesus mitgehen? Er wollte, wenn Jakobus mitging.

Nach mühevollem Wandern erreichten sie die Herberge, die Lazarus gehörte. Herzlich wurden sie nach jüdischer Art willkommen geheißen. Da aber sehr viele Gäste angekommen waren, dauerte es eine geraume Zeit, bis sie zur Ruhe kamen.

Da sieht Josef den Zebedäus von Bethsaida, der auch mit seinem Weib Salome und seinen Söhnen gekommen war. Sie wollten, so es ging, immer zusammenbleiben, nur Jesus schloss sich dem Johannes an, mit dem Er sich glänzend verstand.

Im Gespräch, wie es üblich ist nach langer Trennung, kommen die beiden Frauen auf Jesus zu sprechen und Maria gibt ihrem Herzen einmal freien Lauf. Unter Tränen redet sie von ihrem Herzen herunter, was sich in den Jahren aufgespeichert hatte. Salome ist entsetzt und spart nicht mit Vorwürfen, die Maria ruhig hinnimmt.

Josef und Zebedäus beachteten das Gespräch nicht, da sie beide sich nach ihrer Art besprachen. Da kommt

Jesus in die Nähe der beiden Mütter. Salome, Ihn sehend, ruft Ihn zu sich und setzt nun ihre Vorwürfe fort, die Jesus ganz ruhig anhört.

Salome spricht: „Du dürftest nicht mein Sohn sein, Dir würde ich aber Gehorsam lehren, Du undankbarer Mensch von einem Sohne!"

„Salome, wer gab dir das Recht, über Mein Tun und Handeln zu urteilen? Willst du Kampf, dann siehe zu, dass du nicht mit dir selbst in einen noch größeren Kampf kommst. Denn Ich bin Mir bewusst, nur ein gehorsamer Sohn zu sein, bin Mir aber auch bewusst der großen Aufgabe, die Ich zu erfüllen habe."

Ohne eine Antwort abzuwarten, ging Er hinaus. Salome war entsetzt. Maria aber weinte, und da Josef mit Zebedäus hinzutrat, konnte sich Salome nicht so entäußern, wie sie wollte.

Der andere Tag brachte nun die zwei Familien auf dem Weg zum Tempel wieder auf Jesus zu sprechen. Dieser aber sagte zu Johannes: „Bruder, komm wir gehen allein in den Tempel. Die Eltern sollen zu ihrer Freude kommen."

Im Vorhof des Tempels war Hochbetrieb. Viele Fremde waren da. Alle Sprachen waren vertreten und ein Viehgebrüll war zu hören, dass Jesus sagte: „Johannes, ob da Jehova große Freude hat, was sagst du dazu?"

„Jesus, lasse das die Eltern nicht hören; denn da könnten wir etwas erleben. Komm, wir wollen sehen, was da vorgeht."

Sie gingen hin an einen Opferaltar, der von vielen Menschen umgeben war. Eine ältere Frau mit ihrer Tochter, die ein Lämmchen auf ihrem Arm trug, interessierte die beiden. Die junge Frau reichte das Lämmchen dem Priester. Dieser packte es, durchschnitt ihm den Hals mit einem scharfen Messer und warf es auf den brennenden Altar.

Das Geschrei des Lämmchens tönte Jesus so in den Ohren, dass Er zu Johannes sagte: „Johannes, niemals mehr möchte Ich dieses sehen und das Geschrei des Lämmchens kann doch Gott nicht erfreuen. Ich gehe nun aus dem Tempel. Bitte komm mit Mir."

„Nein, Jesus, ich bleibe. Was werden die Eltern sagen, wenn sie mich nicht im Tempel finden?"

„Dann bleibe. Aber sage deinen Eltern, dass Ich nicht im Tempel bleiben konnte, der zu einem Schlachthaus geworden ist."

Jesus ging aus dem Tempel und eilte nach Bethanien. Dort angekommen, wurde Er von den beiden Schwestern herzlich begrüßt. Lazarus aber war nicht da. Er war in Jerusalem in der Herberge zu finden, wo er viele Freunde erwartete. So verging die Zeit mit den Schwestern schnell, weil Er sich mit ihnen gut unterhielt und auch ihnen Handreichungen tat. Da kam Lazarus, gerade als Er gehen wollte. Aber Jesus ließ sich nicht aufhalten. Es trieb Ihn nach der Herberge, wo die Eltern wohnten. Lazarus begleitete Ihn einige Schritte und bat Ihn, Er solle seine Eltern und den Zebedäus grüßen und morgen wiederkommen, da Er ja keine Freude im Tempel erlebe.

Jesus eilte zurück nach Jerusalem und verirrte sich in der Gottesstadt. Da sah Er die beiden Frauen, die das Lämmchen opferten und fragte sie nach dem Weg zu der Herberge des Matthias. Die Frauen aber luden Ihn ein, doch vorerst noch bei ihnen einzukehren, da der Weg ein weiter sei und sie sich erst stärken müssten, da sie den ganzen Tag noch nichts zu sich genommen hätten. Sie würden Ihn dann sicher und richtig in die Herberge bringen.

Also ging Er mit ihnen. Dort erfuhr Er, dass das Lämmchen zu dem Zweck erworben sei, es für das kranke Kind zu opfern, welches schon lange leide. Jesus antwortete auf ihre Fragen, warum Er nicht im Tempel geblieben sei, es sei doch das Gotteshaus, wo im Allerheiligsten Jehova wohne, mit den Worten: „Wie kann Gott, der die Liebe ist, Wohlgefallen haben an einer solchen Opferung? Schrie das Lämmchen nicht um Hilfe zu seinem Schöpfer? Wie kalt und lieblos muss der Priester sein, der ohne jedes Erbarmen mit seinen rohen Händen es erfasste, den Hals durchschnitt und es auf das schwelende Feuer warf.

Ich kenne einen anderen Gott, einen Gott so lieb und gut, der einem jeden willigen und guten Menschen sofort hilft, wenn die Bitten um Hilfe aus einem verlangenden Herzen kommen. Gerade wie jetzt."

Jesus legte dem kleinen Mägdelein die Hände auf den Kopf und betete: „Vater, Du Lieber und Guter! Siehe herab auf das leidende Kindlein und auf die leidende Mutter und mache es gesund, so es in Deinem Heilsplan liegt. Ich danke Dir, Du guter und bester Vater! Amen!"

Sofort regte sich das kleine Mägdelein und verlangte nach seiner Mutter. Es war fieberfrei und bat um etwas zu trinken. Das Kind war gesund.

Die beiden Frauen wunderten sich und fragten: „Du junger Freund, ist es durch Dein Gebet gesund geworden, oder habe ich es Gott zu verdanken, weil ich das Lämmlein opferte?"

Jesus antwortete: „Danken wir alle zusammen dem Vater im Himmel, nur Er vermag allein Hilfe zu geben denen, die eines guten Willens sind!"

So wurde Jesus nun zur Herberge begleitet, und was Jesus erwartete, geschah. Nicht Maria oder Josef waren es, sondern Salome. Wie eine Priesterin stand sie vor Jesus und ein Wortschwall ging über ihn hinweg.

Jesus aber sah sie nur an und sprach: „Salome, aus

welchen Gründen verurteilst du Mein Handeln? Dort, frage die beiden Frauen, die Mich hergebracht haben, was Ich an diesem Tage getan habe. Willst du Mir den Kampf ansagen, dann sieh zu, dass du nicht Schaden erleidest an deiner Seele. Jedenfalls hast du kein Recht, über Mich zu urteilen."

Salome aber ließ nicht mit sich reden. Da ging Josef hin zu den beiden Frauen und fragte, ob sie Auskunft geben könnten, was Jesus getan hätte. Er sei doch mit Johannes in den Tempel gegangen.

Die Frauen berichteten, was sie wussten und offenbarten, was sie mit Jesus im Tempel und zu Hause bei sich erlebt hätten. Es sei offenbar, ihr Mägdelein sei durch das Gebet seines Sohnes gesund geworden.

Johannes konnte bestätigen, was Jesus bei der Opferung des Lämmchens geäußert hatte und wie Er dann den Tempel verlassen habe. Weiter erzählte Johannes, dass es ihm so langweilig im Tempel geworden sei. Er wolle auch nicht mehr in den Tempel gehen, lieber ginge er mit Jesus. So wurde nun hin und her geredet, aber Salome war die Gekränkte.

Am anderen Morgen, als es wieder in den Tempel gehen sollte, sagte Jesus zu Josef: „Vater Josef, Ich gehe wieder nach Bethanien, du erlaubst es doch? Lazarus hat Mich eingeladen, und Ich sollte euch grüßen. Darf Ich Johannes mitnehmen?"

Nach einigem Hin und Her erhielten die beiden doch die Erlaubnis, nach Bethanien zu gehen. So verbrachten sie den Tag bei Lazarus und seinen Schwestern. An diesem Tage bekam Johannes erstmalig die rechten Begriffe über und von Gott.

Der sonst so schweigsame Jesus entwickelte Ideen und Gedanken, über die Lazarus nur staunen konnte. Dann sagte er: „Jesus, mit Dir muss Gott etwas Großes vorhaben. Denn mein Vater ist und war des Lobes voll und legte mir ans Herz, ich solle Dich ja niemals aus den Augen lassen. Denn Du seiest die Sehnsucht aller Gläubigen! Jedenfalls bitte ich Dich, dass Du Deine Eltern, wie auch du, Johannes, deine Eltern, auf der Rückreise hierher zu uns bringst."

Zur Freude der Bethanier kamen auch noch die beiden Frauen, die Jesus eingeladen hatte. Und so verging der Tag wie im Fluge.

Abends brauchte Jesus nichts zu sagen, denn das besorgte Johannes gründlich. Aber Salome stoppte immer die Aussagen ihres Sohnes und hieß ihn sogar schweigen. Maria litt schwer an den Vorwürfen, die ihr immer und immer wieder gegeben wurden.

Nun war der Abreisetag da. Josef und Zebedäus setzten es durch, dass noch einmal Halt bei Lazarus in Bethanien gemacht wurde. Dort erlebten sie alle eine Liebe und es drehte sich doch alles um Jesus! Salome war wütend und machte auch keinen Hehl aus ihrer Stimmung. Lazarus, der Ruhige und Sichere, vermochte es aber nicht, Salome in Ordnung zu bringen, aber sie wurde ruhiger und wollte abwarten, was die Zukunft bringen würde.

Am anderen Tag besorgte Lazarus einen Wagen mit einem Knecht, der die Besucher bis nach Bethsaida und Nazareth brachte. Hocherfreut waren sie, dass sie nach der langen Reise, gesund und reich beschenkt von Lazarus, in ihre Heimat zurückkehren konnten.

Auf der Fahrt besprach sich Zebedäus mit Josef wegen einer Reparatur seines Hauses und einem neuen Fischkasten. Josef versprach, sobald es sich ermögliche, drei Söhne nach Bethsaida zu senden.

III. Bei den Eltern des späteren Jüngers Johannes

Monate dauerte es und als an einem Abend die Sonne sich neigte, erschienen Joel, Jakobus und Jesus bei Zebedäus, um das Haus und den Fischkasten so herzustellen, dass alle zufrieden sein können.

Die Arbeit ging rasch vorwärts. Aber Salome war unzufrieden mit Jesus und ihrem Johannes, und sie verbot ihm, jede freie Stunde mit Jesus zusammen zu sein.

Johannes aber sagte: „Mutter, ich liebe Jesus, ich liebe Ihn mehr als ihr ahnen könnt. Ich kann dir nicht gehorsam sein. Was hast du an Jesus auszusetzen?"

„Sehr viel, Johannes. Ist das nicht genug, Vater und Mutter ungehorsam zu sein? - Ist das nicht genug, Tempel und Priester zu verachten und alle guten Belehrungen abzulehnen, ja nicht einmal anzuhören?"

Sagt Johannes: „Mutter, ich bitte dich, lerne Jesus verstehen! Was du willst, werde ich niemals tun, denn ich würde tief unglücklich werden!"

„So sieht es mit dir aus, mein Johannes? Du wirst erleben, was ich mit Jesus mache, wenn Er mit Seinen Brüdern zum Essen kommt."

Sagt Johannes: „Mutter, ich bitte dich um deines Heiles willen, du bist in einem grässlichen Irrtum!"

„Ich? O mein Johannes, du wirst staunen, was ich alles mit Jesus tue."

Da tritt Jesus in das Zimmer und spricht: „Salome, du kannst sofort anfangen. Doch in einer Stunde wird ein Gewitter da sein, da wird sich deine Kampfeswut sehr abkühlen. Darum gehe Ich wieder hinaus und in einer Stunde werden wir sehen, was von dir noch übrig bleibt und von dem, was sich in deinem Inneren angesammelt hat. Ich bat dich, Mich in Ruhe zu lassen und nicht den Kampf mit Mir aufzunehmen. Aber du willst ja nicht hören."

Da ging über Jesus ein Donnerwetter los. Aber Jesus ging still hinaus und noch lange schimpfte Salome über diesen hergelaufenen Gottesverächter.

Jesus ging zu Seinen Brüdern und sagte: „Höret auf zu arbeiten und machet alles sicher und fest. Es kommt ein Sturm, wie wir ihn noch nicht erlebt haben."

Joel wollte nicht und wehrte sich. Aber Jakobus sagte: „Du, Joel, wenn Jesus es will, dann müssen wir es tun." Und so hörten sie mit ihrer Arbeit auf.

Jesus ging hin zu Zebedäus, der gerade mit seinem Sohn Jakobus ins Boot steigen wollte und sagte: „Binde dein Boot fest, oder besser, ziehe es weit vom Wasser weg, es kommt ein Sturm, wie ihr ihn alle noch nicht erlebt habt."

Salome aber, die Jesus mit ihren Augen verfolgte, merkte, dass Zebedäus nicht hinaus fahren wollte, kam und wollte Zebedäus verwehren und schüttete wieder einige Kübel voll Grobheiten über Jesus aus. Aber diesmal blieb Zebedäus fest, was Salome noch mehr verbitterte. Schon von weitem sah man den finsteren Himmel. Rasch kam das Gewitter und es wurde finster. Blitze um Blitze zuckten hernieder und ein Donnergrollen war, als wollte es nicht aufhören. Da verkrochen sich alle, bis auf Jesus.

„Johannes, Johannes, komme zu Mir", rief Er Johannes zu. Salome aber schrie: „Hiergeblieben, hiergeblieben, lasse dich doch nicht irre machen von..." - da schlug ein Blitz hernieder - und Johannes eilte hinaus zu Jesus, der trotz allem Blitzgewitter in aller Ruhe das Boot losmachte und sich hineinsetzte. „Komme, Johannes, komm", und rasch sprang Johannes in das Boot.

Nun setzte aber ein Gewittersturm mit einem solchen Wasserguss ein, dass sich das Wasser überall in

Haus, Hof und Scheune mit einer Wucht hineindrängte und nicht aufzuhalten war. - Und Jesus blieb mit Johannes in seinem Boot trocken.

Eine volle Stunde dauerte das Gewitter und nicht nur Zebedäus mit seiner Familie, sondern alle, die am See Genezareth wohnten, erlebten Todesängste. Solch ein Wetter hatte noch niemand erlebt und der Schaden war übergroß an allen Hütten.

Das Gewitter war vergangen. Das Wasser beruhigte sich sichtlich und die Brüder schauten sich die Verheerungen an. Dann kam Zebedäus, er schlug die Hände über dem Kopf zusammen und jammerte. Alle Arbeit war umsonst. Salome aber stand wie eine Salzsäule stumm vor den Gewaltschäden. Als aber Jesus und Johannes trocken vor ihr standen, wollte sie weggehen.

Doch Jesus sagte: „Salome, willst du noch mit Mir rechten? Siehe, das sind die Mittel, die Mein ewiger Vater anwenden muss an denen, die nicht erkennen wollen Seine unsagbare Liebe!"

Salome verstand, aber still weinend ging sie ins Haus. Johannes ging ihr nach und sagte: „Mutter, während ihr in Angst und Nöten lebtet, erlebte ich mit Jesus so etwas Schönes, wie es im Himmel nicht schöner sein kann. Hättest du geglaubt an die Macht und Kraft Gottes in Jesus, unser Haus wäre nicht im Geringsten betroffen worden." Salome schwieg - und Jesus schwieg ebenso.

Der Schaden sah erst größer aus, aber mit Jesus ging die Arbeit rasch vonstatten. Es sprach sich herum, dass Zebedäus Bauleute aus Nazareth in Arbeit hatte. So kamen nun viele, die die Brüder baten, sie sollten doch auch zu ihnen kommen, da der Sturm so ungeheuren Schaden angerichtet hatte.

Joel war voller Sorgen. Wem sollte er dienen? Zu Hause wurden sie erwartet, was tun? Nun fragte er auch Jesus, was er tun solle.

Jesus sagte: „Wir bleiben, Joel. Alles, was sich tun lässt, werden wir besorgen. Oder willst du alles vergessen, was in Mir und mit Mir geschaffen werden konnte? Wir fangen bei den Ärmsten an und zwar bei Simon Juda, der auch heute noch zu dir kommen wird. Aber Bruder, Ich bitte dich, rede Mir nicht dazwischen, was Ich abmache."

Spricht Joel: „Gerne, Jesus, verzeihe, wenn Ich Dich oft nicht gern gesehen habe."

Richtig, Simon Juda kam, wendete sich an Jesus und fragte, wer die Arbeiten leite. Jesus sagte zu ihm: „Simon, Joel ist der Ältere, aber sprich ruhig, was deine Wünsche sind."

Simon tat es und Jesus sagte: „Simon, es wird geschehen, was du wünschest. Aber dein Priester wird dagegen sein, weil Ich die Arbeit mit Meinem Bruder Jakobus ausführen werde."

Spricht Simon zu Ihm: „Ja, woher willst Du denn das wissen? Mit den Priestern stand ich immer auf gutem Fuße."

Jesus: „Du hast recht, Simon. Aber von dem Augenblick an, wo wir in dein Haus kommen, ist der Friede deines Hauses dahin."

Antwortet Simon: „Gleich, was auch geschehen mag, mein Haus muss hergerichtet werden, denn noch so ein Sturm und das Haus ist dahin."

Joel arbeitete bei einer Witwe und Jesus und Jakobus gingen zu Simon. Schon am anderen Tage kam der Priester und schalt über Simon, weil er es unterlassen hatte, den Priester um Erlaubnis zu bitten, dass sein Haus wieder hergerichtet würde.

Simon fragte: „Würde der Tempel mit seinen Priestern mir den Schaden wieder herrichten und gutmachen? Dann würden sofort die Bauleute des Josef aus

Nazareth gehen. Da ihr aber nur befehlen und bestimmen wollt und besorgt seid um den Zehnten, so gehet! Denn solange die Bauleute hier sind, gehe ich nicht auf den Fischfang. Oder wollt ihr mir den Zehnten geben zu den Unkosten, die dieser Schaden kostet?"

Der Priester wird hart und spricht: „Jetzt bin ich der Eigentümer deines Hauses und ich bestimme, was hier geschieht. Und ihr, Söhne des Josef, verlasset sofort dieses Haus, welches ihr ohne meine Erlaubnis betreten habt."

Geht Jesus hin und spricht: „Du, Nathan, gehe in Frieden von hier und lasse Simon in Ruhe, denn eure Feindschaft gilt Mir! Und lasse es Simon nicht entgelten, dass er bei uns Hilfe sucht; denn Meine Macht kennst du. Denke an Nazareth und an Meinen Nährvater Josef, wie er dich bat, Mich in Ruhe zu lassen. Du gingst und das war dein Glück. So gehe auch jetzt von hier und es wird dir wieder zum Glück sein!"

Spricht Nathan: „Jesus, soll das eine Drohung sein? Was geschieht, wenn ich bei meinem Verlangen bleibe?"

„Nathan, gehe und halte uns nicht auf. Rührt dich nicht die Not des Simon? Noch ein solcher Sturm und alles ist hin", spricht Jesus.

Sagt Nathan: „Ich bleibe bei meinem Verlangen. Noch bestimmt der Tempel mein Tun."

Antwortet Jesus: „Nathan, bei Mir bestimmt die Liebe Mein Tun. Aber da die Liebe nicht den Kampf will, bitte Ich dich, gehe und komme wieder, wenn das Haus fertig ist und alles soll vergessen sein!"

Nathan ging. Innerlich rang er zwischen Pflicht und Liebe, und Simon war froh, diesen Freund nicht verloren zu haben.

Rasch ging auch diese Arbeit zu Ende und es ging

ans Abschiednehmen. Da kam noch einmal Nathan, besah sich die Arbeit und sagte zu Simon: „Es ist wie ein Wunder um diese Zimmerleute, nur schade, dass sich Jesus nicht zum Tempel und zu uns bekehrt. Was könnte der Tempel mit Ihm schaffen. Niemals werde ich mich mehr gegen Jesus wenden."

Simon: „Nathan, was ist denn geschehen? Was habt ihr gegen Jesus, den Zimmermannssohn?"

„O Simon, sehr viel. Jesus muss mit einem Zauberer verbunden sein, denn in Ihm ist etwas, was nicht zu ergründen ist. Hast du nicht bemerkt, wie Ihm die Arbeit rasch von den Händen geht? Wir alle haben strengen Auftrag vom Hohenpriester, diesen Jesus zu überwachen und beim geringsten Fehler zu stellen. Wo hat nun Jesus den Sabbat verlebt? Ich sah Ihn nicht in der Synagoge."

Sagt Simon: „Nathan, ich weiß es nicht. Früh war Er nicht mehr da und abends schwieg Er, wie es Seine Gewohnheit sei; so berichtete mir Sein Bruder Jakobus."

„Simon, wo gehen die beiden Bauleute jetzt hin? Kannst du mir Auskunft geben?"

„Sie gehen zu der Griechin, wie ich es vernommen habe. Oft war sie hier. Ich konnte aber nichts Genaueres erfahren."

„Ich danke dir, Simon. Aber von dem ersten Fischfang lasse mir wieder einen guten Fisch zukommen. Deine Nachricht, dass sie zu der Griechin Hella gehen, ist mir mehr wert als ein Fisch. Es ist wenigstens nicht mein Bezirk; mich dauert jetzt schon der Priester Levi. Denn er hat geäußert, so er mit dem Nazarener zusammenkommt, wird so manches geschehen."

„Warne ihn", mahnte Simon, „warne ihn, er soll ja nichts unternehmen. Oder soll ich es tun?"

„Ich werde es versuchen, Simon", erwidert Nathan.

Die drei Brüder waren bei der Witwe Hella beschäftigt, als ein Priester erschien und Joel streng anwies, den Grund zu verlassen, da Hella sehr unzuverlässig sei, obwohl sie sich zum Tempel bekenne.

Sagt Joel: „Levi, lasse uns arbeiten. Wir möchten nach Hause. Der Vater Josef wird in Ängsten sein, da wir schon Monate fern von Nazareth sind."

„Joel, hier bestimme ich. Da aber Hella die Ratschläge nicht befolgte, die ich ihr gab, muss sie es sich eben gefallen lassen, dass ich sie strafe."

Erwidert Joel: „Levi, vergiss nicht, ihr Mann war ein römischer Untertan und sie holt sich Hilfe bei den Römern."

„Ist mir gleich, jedenfalls verlange ich, dass ihr euch entfernt."

Joel: „Levi, bitte lasse uns arbeiten. Greift dir denn ihre Not nicht an dein Herz? Eine Witwe, eine Wohltäterin wie keine zweite? Was hat sie alles den Sturmgeschädigten für Material besorgt, da ihr Mann viele begüterte Freunde hatte? Willst du es wirklich erzwingen?"

„Ja, Joel, es soll mir eine besondere Freude sein. Auf den Knien muss sie mich bitten, weil sie alles ohne meine Einwilligung getan hat. Alle Menschen beschenkt sie und den Zehnten bringt sie niemals, den müssen wir holen."

Jetzt schaltet sich Jesus ein und spricht: „Joel, lasse dich doch nicht abhalten von dem Diener Jehovas, denn dein Auftraggeber ist die Witwe Hella und du, Levi, gehe rasch nach Hause und verhüte das Unglück, das sich über deinem Hause zusammenzieht. Zu unserem Hause warst du noch niemals ein Freund. So wundere dich nicht, wenn auch Ich zu dir nicht so bin, wie du es wünschest."

„So, also Du, Jesus, Du Missgeburt von einem jüdischen Weibe wagst mir zu drohen - wollen sehen, wollen sehen!"

Jakobus eilt hin zu Levi und spricht: „Levi, gehe im Namen Jehovas nicht zu weit, denke an Nazareth."

Levi ging und Ruhe zog ein. Die Arbeit ging rasch vonstatten, denn hier mussten sie rasch fertig werden. Aber die Griechin war doch Zuhörerin des Gespräches zwischen Levi und den Brüdern. Und ohne dass sie zu jemandem sprach, verständigte sie den römischen Kommissar.

Joel freute sich ungemein, denn alles ging wie am Schnürchen und wunderschön sah das kleine Häuschen aus mit dem Anbau, den die Brüder geschaffen hatten. Hella, die ihrer Freude Ausdruck gab, fragte, wann die Arbeit beendet sein wird, und Joel sagte: „Ich denke, morgen mit dem Sonnenuntergang, wenn nichts dazwischen kommt."

„Wieso dazwischen kommt?" fragte Hella. „Hast du das Gefühl, dass ein Unglück geschieht?"

„Ja, liebe Hausmutter, mir ist nicht wohl, weil sich Levi nicht sehen lässt."

Spricht Hella: „Joel, seit wann bist du ein Furchtsamer? Sorge dich nicht. Ich habe dafür gesorgt, dass wir hier ungestört bleiben. Also, morgen lade ich meine Freunde ein und da feiern wir ein kleines Fest. Denn diesen Sabbat bleibt ihr doch noch bei mir?"

Joel sagte zu Jakobus und Jesus: „Ich will froh sein, wenn ich hier fertig bin. In mir ist eine Unruhe, als ob etwas geschehe, was uns großen Schaden bringen wird."

Sagt Jesus: „Geschehen wird etwas. Aber es wird uns nichts geschehen. Wir aber wollen ruhig bleiben. Wir überlassen es den Weltgesetzen und deren Hütern, und diese sind wachsam."

In Joel war ein Drängen, er war so in Eifer, dass er nicht bemerkte, dass zwei Wagen mit fünf Männern in den Hof fuhren, die gar bald anfingen, aus dem kleinen fertigen Häuschen das Mobiliar herauszuschaffen und aufzuladen. Jakobus, der es bemerkte, sagte: „Dort, sehet, jetzt ist unsre Arbeit doch umsonst gewesen. Diener des Tempels sind am Werk."

Jesus: „Lasse sie doch tun, was sie wollen. Heute noch wird diesem Tempelgetriebe ein Ende gemacht werden, ohne unser Zutun."

Als die Wagen voll waren, trat ein Trupp Römer in den Hof. Als ob Hella darauf gewartet hätte, gebietet sie nun, sofort die Möbel wieder dorthin zu stellen, wo und wie sie in den Räumen standen. Ein Hohnlachen des Priesters Levi war die Antwort. Und sofort war der Römer an seiner Seite und sagte mit scharfem Ton: „Du bist im Hause einer Römerin des Raubes und des Diebstahls betroffen worden. Dein Tempel wird dich nicht schützen können, denn die Besitzerin steht unter dem Schutze des Kaisers!"

Und zu seinen Männern sagt er: „Bindet diesen Mann, aber so, dass er sich nicht rühren kann."

Im Augenblicke war es geschehen. Dann sagte er zu den Tempelknechten: „Schaffet alles wieder an Ort und Stelle, wenn nicht, erleidet ihr das Los, das euren Priester getroffen hat."

Die Knechte trugen alles wieder in das Haus. Inzwischen wurde Joel fertig und die ersten Besucher kamen auch schon und bewunderten das kleine hübsche Häuschen und die Bauleute.

Alles war in Ordnung gebracht worden, und keine Spur verriet, dass hier Bauleute beschäftigt waren.

Der Priester wurde in den Stall gesperrt und ein Soldat stand Wache. Da er tüchtig schrie, bekam er einen Knebel in den Mund, und so war wieder die Ruhe hergestellt. Die Knechte mussten die Wagen fortschaffen und wurden am anderen Tage wieder zum Verhör bestellt.

Der Römer, der dieses Häuschen bewunderte, sagte zu Joel: „Lieber Freund, wo hast du denn dein Handwerk gelernt? Solch eine eigensinnige Arbeit habe ich noch nie gesehen. Wie kommt es, dass es nicht nach jüdischer Art gebaut ist?"

„Gelernt haben wir bei unserem alten Vater Josef aus Nazareth, der überall bekannt ist als ein guter Zimmermann. Die Witwe aber wollte ihr Häuschen so gerichtet haben wie ihr väterliches Haus in ihrer Heimat Griechenland. Freilich, so wäre es mir auch nicht geglückt, wenn mein Bruder es nicht fertig gebracht hätte."

„Welcher ist es? Doch nicht etwa der Jüngere?"

„Doch, Er ist es!"

Hier wendet sich der Römer an Jesus: „Freund, in Dir muss mehr wie ein Jude stecken, denn ein Jude baut doch nicht im heidnischen Stil!"

Sagt Jesus: „Freund, in einem jeden Menschen lebt so viel. Wenn er es wissen würde, so würde er in manchem viel klüger sein."

Sagt der Römer: „Freund, Du interessierst mich. Sag mir, wie würdest Du den kleinen Hafen an dieser Bucht, die zum Haus gehört, bauen? Mir gefällt dieser gar nicht."

„Ja, lieber Freund, der Erbauer hat an eines nicht gedacht, dass der Sturm das Wasser gerade auf das Haus treibt. Ich würde eine Rampe hier entlang errichten. So wäre das Haus geschützt. Und auf der anderen Seite der Rampe wäre es viel leichter, an die Kähne zu kommen, sowie das Aus- und Einladen in die Boote."

Der Römer sagt: „Freund, in Dir muss ja ein Baumeister stecken. Hast Du noch niemals Deinem Vater so manchen Wink gegeben?"

„Nein, lieber Freund. Mein Vater Josef ist ein guter Zimmermann. Aber er kann und darf nicht bauen, wie er will, sondern der Priester und der Bauherr bestimmen."

Der Römer: „Was hat das mit euren Priestern zu tun? Für mein Geld darf ich doch bauen, wie ich will."

Jesus: „Du ja, lieber Freund, aber ein Jude nicht. Mein Vater Josef hätte dies Haus auch nicht so in Ordnung gebracht. Aber Mein Bruder hat Mir das Recht und die Verantwortung übertragen. Und Mir kann niemand etwas verbieten, wenn Mein Vater in Mir die Anweisung gab."

Sagt der Römer: „Bist Du der Jesus, den die Tempelbrut schon längst vernichtet hätte, wenn es ihnen möglich gewesen wäre?"

„Ja, der bin Ich. Aber Mich zu vernichten ist nicht so leicht, da Ich ja noch nicht Meine Aufgabe erfüllt habe. Wenn Ich alles erfüllt habe, dann ja, aber keine Minute eher!"

Sagt der Römer: „Also, Du bist das Wunderkind von dem mein Vater immer schwärmte. Längst habe ich es vergessen, da mein Vater nicht mehr ist. Aber Dich hätte er zu gern noch einmal gesprochen, denn um Deinetwillen mussten alle Götzen aus dem Hause, und um Deinetwillen bin ich nicht im Sinne unserer Götter erzogen worden. Darum schwebe ich immer zwischen den Göttern und dem unbekannten Gott. Wie gern hätte ich Moses und die Propheten anerkannt. Aber welches Bild gaben mir die Templer? Siehe diesen da im Stall an, an dessen Gott werde und kann ich nicht glauben. Ich müsste mich mit eurem Gott überwerfen."

Jesus: „Freund, lerne erst einmal unseren Gott kennen, aber nicht im Tempel unter den Priestern, sondern im Volk, das sich bemüht, gleich Abraham Gott zu dienen und Seinen Willen zu erfüllen."

Alle hörten dieses Gespräch, dann aber sagte Hella: „Aber könnt ihr das nicht im Hause besprechen, denn das Mahl wartet und die Gäste kommen, und die Bauleute haben heute noch nichts zu sich genommen."

Alle versammelten sich nun im Speisesaal. Ja, was war denn das? Der Saal war ja viel größer. Joel traute seinen Augen nicht und ging noch einmal um das Haus. Von außen dasselbe wie von innen. Das geht nicht mit rechten Dingen zu. Aber ich muss schweigen, dachte er bei sich, um der anderen willen. Joel kam auch gar nicht zum Sprechen, denn die Gäste kamen und lobten die Bauleute um ihrer schönen und raschen Arbeit willen. Es wurde ein rechtes Liebesmahl. Doch einer wurde nicht mit sich fertig, der römische Unterführer.

Es war daher nicht verwunderlich, dass der Römer sich an Jesus wandte mit der Frage, was aus Seinem Vater und Seiner Mutter geworden sei, da sie sich nicht vom Tempel lösen konnten: „Denn was mir mein Vater ans Herz legte, ist mir geblieben."

Erwidert Jesus: „Was soll Ich dir sagen? Vor allem, Meine Zeit ist noch nicht da, wo Ich an die Öffentlichkeit trete. Dort in Nazareth bin Ich der Verführer und Vergifter aller. Freunde kenne Ich nicht. Ich bin nach außen der gehorsame Sohn Meiner Eltern. Sonst gehen fast alle Menschen Mir aus dem Weg und fürchten Mich wie die Pest. Dieses aber ist die Frucht der Templer. Seit einigen Jahren, da Ich immer mehr mit Meinem ewigen Vater verbunden bin, werde Ich sicherer und selbständiger. Frage Meinen Bruder Jakob, der dir viel mehr über Mich Auskunft geben kann als Ich."

Ein Soldat meldet seinem Unterführer, dass der eingesperrte Priester verlange, herausgelassen zu werden; aber ein Nein wurde als Antwort gegeben. Ein Grieche, ein alter Freund der Witwe Hella, fragte, warum gerade heute zur Feier dieses Tages solches vorgekommen sei?

Da sagt der Römer: „Freund, ich überraschte die Templer, wie sie sich an dem Eigentum eines unter römischen Schutz gestellten Bürgers vergriffen haben. Und das nur darum, weil die Bauleute ohne die Einwilligung der Priester das Haus erneuert haben, da der ungeheure Sturm alles so schwer beschädigt hatte."

Sagt der Grieche zu Hella: „Warum hast du dich unter den Schutz der Römer gestellt, liebe Freundin?"

„Nun, weil den Priestern nicht zu trauen ist. Denn sie behaupten, dass dieses Land nur dem Volke Gottes gehöre, und sie seien die Vertreter Gottes. Und so habe ich Ruhe vor ihnen, obwohl ich mich zu dem Gott der Juden bekenne!"

Sagt der Grieche: „Freundin, auch ich bekenne mich zu dem Gott der Juden, werde aber irre an den Vertretern ihres Gottes. Was habe ich mich gesehnt, den kennen zu lernen, der es vermochte, meinen Vater zu überzeugen, dass er sich von Zeus abwendete und den Juden-Gott zu dem seinen machte. Heute nun treffe ich den Sohn des ehrwürdigen Josef von Nazareth und erlebe in Ihm einen natürlichen und praktischen Menschen, der aber ehrlich bekennt, Seine Zeit sei noch nicht da, in die Öffentlichkeit zu treten. Er verweist mich an Seinen Bruder Jakobus."

Nun wendet sich der Grieche an Jesus und bittet Ihn, einmal ganz offen zu sein und die Hülle, mit der Er sich umgibt, einmal zu lüften.

Sagt Jesus: „Freund, wie gerne würde Ich dieses tun, doch solange Ich nicht die Anweisung Meines Vaters in

Mir vernehme, schweige Ich."

Der Römer: „Freund, was hat es eigentlich für eine Bewandtnis mit Deinem Vater in Dir? Das ist mir ein Rätsel. Wenn Du mit Bestimmtheit von Deinem Vater in Dir sprichst, so musst Du auch diesen Vater beweisen können. Mein Vater sprach so gut wie gar nicht von einem Vater, nur von dem Gott, der Liebe, Wahrheit und Weisheit sei und Schöpfer Himmels und der Erden. Alles sei von Ihm und außer Ihm gebe es keinen Gott! Alles andere seien Trugbilder und tote Götzenschemen. Er habe geprüft und gefunden, dass in dem Kinde Jesus tausendmal mehr Leben sei als in den Göttern, denen er zins- und tributpflichtig war. Also, mein Freund, bitte gib mir eine befreiende Antwort!"

Alle hörten dem Gespräche zu, und aufmerksam lauschten sie nun auf die Antwort des so ruhig dasitzenden Jesus.

Dieser sagte: „Freunde, warum wollt ihr von Mir wissen, was in euch allen liegt. Ihr kennt Moses und die Propheten. Ihr alle wisset, was schon längst bekannt ist, dass die Flamme aus der Bundeslade künstlich genährt wird. Ihr wisset, dass die Römer Einblicke haben in das Allerheiligste und dass in einem jeden Menschen etwas lebt, das wir als Liebe bezeichnen. Du, Freund, sprichst gern von deinem Vater, wie er Mich immer liebte. Was liebte dein Vater an und von Mir? Doch nur das, was Ich als Geschenk Gottes in Mir Vater nenne, und dieses Geschenk vernehme Ich als Worte, als wohltuendes Empfinden, auch oft als Trauer, als Bilder und Dinge, die Ich sehe und erlebe. Einen anderen Beweis kann Ich nicht geben. Denn wenn Ich es in Worte kleide, ist es nur ein schwacher Ausdruck von all dem, was Mich belebt, erfüllt und in Mir eine innere Zufriedenheit auslöst.

Auch bin Ich noch nicht frei von dem, was in Mir

liegt an Menschlichem. Habe Ich aber die Verbindung mit dem göttlichen Leben, welches Ich als Vater bezeichne, so ist es Mir, als wenn nicht mehr Ich, sondern Gott in Mir wirkte, und alles, was Ich da will in dieser Verbindung mit Ihm, geschieht sofort!"

Sagt der Römer: „So ähnlich sprach auch mein Vater. Aber es waren nur Worte, die in mir eine Sehnsucht auslösten, die rechte Wahrheit einmal zu erfahren. Meiner Bitte wurde stattgegeben, Dienst zu leisten im Lande der Juden. Doch Jerusalem ist nicht der Platz für mich, ich fand noch nicht, was mich befriedigt hätte. Auch Du befriedigst mich noch nicht. Aber brennend ist die Sehnsucht, Dich näher und besser kennen zu lernen, da es ja auch Heidenpriester gibt, die Wunderdinge fertig bringen, leider mit Mitteln, die ich ablehnen muss.

Moses ist mir kein Fremdling, wie auch eure Propheten. Aber fremd ist mir, was aus Moses und den Propheten gemacht wurde. Eure Priester und unsere Priester sind wie ein und dasselbe; in keinem ist Wahrheit, Liebe und Herzensbildung."

Sagt Jesus: „Du magst recht haben. Aber alle sind nicht so. Überall, wo du Menschen triffst, findest du gewaltige Unterschiede. Bedenke, auch unter euch Römern gibt es sehr harte Menschen, und erst dann, wenn ein jeder sich erkennt und ehrlich zu sich selbst ist, wird er unterscheiden, was da gut und ungut ist.

Gerade dein Vater war ein harter Mann. Nicht Ich als Kind oder Gott von Ewigkeit zu Ewigkeit änderte seine harte Gesinnung, sondern er tat es von selbst. Wie oft hat dir deine Mutter von dem Leben erzählt, wie dein Vater so hart gewesen sei, und nur einem Kinde verdanke er es, dass er erkannt habe das Übel in seiner Brust.

Wohl war Ich das Kind, aber nicht Ich in Meiner

Persönlichkeit, sondern Gott in Mir! Siehe, lieber Arminius, Ich war nur das Gefäß, auch jetzt bin Ich nur das Gefäß des Geistes aus Gott. Das, was Ich jetzt bin, kannst du und auch alle werden! Ja, ihr sollt es werden. Und darum bin Ich in dieser Welt, um euch den Weg zu ebnen zur Wahrheit aus Gott, den dein Vater Wahrheit, Liebe und Leben nannte.

Doch um unserer Wirtin willen wollen wir das Gespräch später fortsetzen, da sonst die Speisen kalt werden und die Freude der Gastgeberin herabgesetzt wird."

Das Essen, nach jüdischer Art bereitet, war allen wie ein Gottesgeschenk. Fische und Lammfleisch, Brot und Gemüse und ein Wein, wie er selten auf einen Tisch kam, und das alles aus Freude, weil das Haus wieder ganz nach ihrer Sehnsucht war.

Während des Essens kam noch Simon Juda mit seinem Weibe und Zebedäus mit seiner Familie, denn Hella, die Wirtin, hatte sie dringlich eingeladen, weil sie den Bauleuten diese Freude doch noch machen wollte. So war nun ihr Wunsch erfüllt: das Haus voller Gäste und der in der Mitte, der in ganz Judäa und Galiläa ein Verhasster war.

Hella sagte: „Meine lieben Freunde, alle seid ihr mir willkommen! In mir ist so eine Freude, dass ich laut weinen könnte. Mein Mann, den ich so nahe fühle, muss genau dieselbe Freude empfinden wie ich, denn ich muss immer an ihn denken. Auch er war voller Freude im Herzen, wenn er ein Fest geben konnte, und er fragte nicht: Bist du ein Jude oder ein Grieche? Alle waren Menschen. Dass ich nun Bauholz für alle Geschädigten besorgte, war ganz im Sinne meines Mannes, das kann unser Freund Hermes bezeugen. Leider können meine Kinder nicht hier sein zu diesem Feste und so bitte ich euch, betrachtet ihr euch alle als meine

Kinder, auch Du Jesus! Was habe ich Dir zugeschaut! Wie sehnte ich mich, nur von Dir einen Laut zu hören, wenn Du mit Deinen Brüdern sprachst, und ich bin glücklich gewesen wie in der Zeit meiner ersten Liebe. Darum freuet euch alle mit mir, und Gott, der Ewige und Gütige, wird uns Seine Gnade gerne schenken."

Als von einigen Mägden alles Geschirr abgeräumt war, blieben Wein und Becher auf den Tischen, die wie zu einer Tafel zusammen geschoben waren.

Da sagte der Römer: „Freunde, nun möge uns die Gnade zuteilwerden, um derentwillen wir hierher gerufen worden sind. Stört euch nicht an den Fragen, die ich an den jungen Freund Jesus stellen werde. Denn ich brenne nach der Wahrheit um Gott, den ihr den Wahren und Ewigen nennt. Was ist mir Zeus, was ist mir der Gott der Juden, nur noch ein Bild, aus dem ich nicht klug werde. Mein Vater wurde durch Jesus ein Mensch, wie ich mir den Vater des Jesus vorstelle, Josef, den alten treuen Zimmermann aus Nazareth, bei dem er eine lange Zeit weilte, im Gefolge des Statthalters. So wurde ich in meiner Kindheit und Jugend anders erzogen als die Söhne reicher Eltern.

Wie mein Vater starb, weiß ich nicht. Aber mein Bruder wie auch meine Mutter erzählten mir, dass sein Sterben ein weihevoller Augenblick gewesen sein muss, denn er wurde hinüber ins Totenreich getragen von Wesen überirdischer Art.

Dass ich nun brenne, mich mit diesem Jesus, von dem ich fast nichts Gutes, aber desto mehr Schlechtes hörte, zu unterhalten, ist klar, da ich mich durch die Erzählungen anderer eigentlich nicht mehr um Ihn kümmerte. Heute treffe ich Ihn! Heute wird mir ein neues Licht! Schon die wenigen Worte machten mich neugierig und ich möchte Klarheit über die göttliche Wahrheit, möchte erfahren das Wesen der Liebe und die Grundwurzel des Lebens kennen lernen. Darum, lieber Freund Jesus, sprich zu uns. Sprich aber so, dass es uns allen zum Nutzen und zum Segen werde."

Sagt Jesus: „Wie gern will Ich es tun, aber wäre es nicht besser, Mein Bruder Jakobus würde erst zu euch sprechen, denn er redet aus dem, was er erfahren und erlebt hat als Jude, als der rechte Sohn Meines Nährvaters Josef. Für Mich wird schon noch die Zeit kommen, aber heute ist ja für unsere Wirtin ein Festtag."

IV. Jakobus erzählt Erlebnisse mit Jesus

Jakobus steht auf und spricht: „Gern folge ich dem Ruf meines Bruders Jesus, der nur im Geiste Gottes mein Bruder ist. Denn Jesus ist der Sohn der Mutter Maria. Jesus hat keinen irdischen Vater. Seine Geburt ist und bleibt ein Wunder göttlicher Geheimnisse. Wie Seine Geburt ein ewiges Geheimnis für alle Ungläubigen bleiben wird, so ist auch Sein Leben das größte Geheimnis.

Du, römischer Freund, ich kenne und habe deinen Vater gekannt im Hause meines Vaters Josef in Ägypten und in Nazareth. Gerade dein Vater war in meinen Bruder direkt verliebt und heute erlebe ich die Frucht dieser Liebe als Sehnsuchtspflanze in deinem Herzen.

Als Jesus noch ein Kind war, erlebten wir Wunder über Wunder. Wie alles im irdischen Leben und Treiben verblasst, so verblasste auch in Jesus das Wunderbare und Göttliche, und ich verstand auch meinen Bruder Jesus nicht mehr.

Ich will nicht von dem Kummer sprechen, der im Hause meines Vaters Unruhe über Unruhe brachte. Aber schildern will ich, wie oft ich meinen Bruder Jesus gebeten habe, sich doch zu ändern und so zu leben, wie wir Brüder und Schwestern gelebt haben zur Freude unseres Vaters Josef und seines Weibes Maria, die nur unsere Liebe und unseren Dank verdient haben.

Was meinem Vater Josef den größten Kummer machte, war dies: Jesus betete nicht wie wir. Schweigend saß Er am Tisch, und oft bemerkte ich an Seinem Gesicht, dass es Ihm wehtat.

An einem solchen Tage fragte ich Ihn: ,Warum betest Du nicht mit uns?'

Da sagte Er: ,Jakob, hast du alles vergessen? Denkst du nicht mehr daran, dass du alles erfahren kannst von Mir, aber nur in deinem Herzen?'

Da wurde ich ungehalten und sagte: ,Jesus, Du wirst mir manchmal unheimlich. Es kann nicht göttliches Leben sein, welches Du lebst. Wie oft weinte Deine Mutter, und Du, o Jesus, warst wie ein Stein so hart. Wenn ich an meine Mutter denke, wie sie uns die Dankbarkeit lehrte - und Du? Du willst einem Gott dienen, der in Dir sei? O fange erst einmal an, für die Liebe zu danken, die Dir Deine Mutter zukommen lässt. Kann ich Dir da noch Glauben entgegenbringen? Nein, da ich an Dir irregeworden bin.'

Was tat Jesus? Er ging und ließ mich allein stehen! So, liebe Freunde, und du, lieber Herr, sah es in mir aus. Mit der Zeit gewöhnte ich mich an Sein Tun und Leben. Aber nun wurde es mit Jesus noch bedrückender. Er nahm überhaupt keine Rücksicht mehr auf uns. In der täglichen Arbeit musste ich mir oft sagen: alle Achtung, da fehlte uns noch viel. Dann kam aber wieder ein Rückschlag, der alles in mir, was an Liebe und Zuneigung zu Ihm lebte, zunichtemachte.

Nur ein Geschehen muss ich hier erzählen, zum besseren Verständnis. Eine Verwandte, namens Maria, besuchte unser Haus, sah Jesus - und beide waren ein

Herz und eine Seele. Haben wir in der Werkstatt gearbeitet, war sie da. Wo wir waren, kam sie hin, nur um Jesus zu sehen und, wenn möglich, nur einige Worte von Ihm zu erhaschen. An einem Sabbat aber war Jesus wie immer verschwunden und Maria mit Ihm. Was jammerte da Josef in seinem Betwinkel. Das Herz hätte uns brechen müssen und Seine Mutter weinte und konnte sich nicht beruhigen. Und warum? Weil die junge Maria mit Jesus gegangen war, ohne die Erlaubnis vom Vater Josef zu haben. Josef ging an diesem Sabbat nicht aus dem Hause und als ein Freund, ein Priester, ihn besuchte, da er glaubte, Josef sei krank, weil er nicht in die Synagoge kam, da erleichterte Josef sein Herz und berichtete dem Templer seinen Kummer.

Der Priester war ungehalten und versprach, sich diesen Sabbatschänder richtig vorzunehmen. - O war das ein Sabbat wegen Jesus und Maria, die von Mutter Maria behütet wurde wie ein Kleinod.

Der Abend kam. Kein Essen wurde bereitet. Josef ordnete an, zu fasten, um Gott nicht noch länger zu betrüben. Als es finster wurde, kamen beide, Jesus und Maria. O welch ein Empfang des greisen Josef. O könnte ich die Worte unausgesprochen machen, die Josef Ihm ins Gesicht sagte. Jesus aber ging, wie immer, ohne Gruß aus dem Wohnraum und suchte Seine Kammer auf. Dies ärgerte Josef noch mehr, und Maria nahm das Mädchen in ihre Arme und fragte weinend: ‚Maria, wo seid ihr denn gewesen? Kind, wie konntest du uns dieses antun?'

Sagte Maria: ‚O Mutter, Jesus fragte mich gestern Abend, ob ich mit Ihm den Sabbat verleben wolle. Da sagte ich ohne zu überlegen Ja. Da sagte Er zu mir: ‚Früh, sehr zeitig, lange vor Sonnenaufgang, rufe Ich dich.'

Ich hörte Seinen Ruf, aber wie in mir, und rasch erhob ich mich von meinem Lager, nahm mein Gewand, und rasch war ich an Seiner Seite. Er drückte mir die Hand, ließ sie nicht mehr los, und schweigend lief ich neben Jesus, der kein Wort zu mir sagte. Ich weiß nicht, wohin wir gegangen sind. Weit, weit liefen wir auf die Höhe durch einen Wald. Ängstlich fragte ich Jesus: ‚Wo gehen wir hin? Wir haben nicht das geringste Essen mit, ich habe Angst.‘

Da sagte Jesus: ‚Maria, wenn du Angst hast, dann kehren wir sofort um. Aber wolltest du nicht mit Mir den Sabbat feiern?‘

Ich schwieg. Aber Jesus sagte zu mir: 'Maria, siehe, die Sonne ist aufgegangen, in einer kurzen Zeit sind wir am Ziel.‘

So war es auch. Auf einer schönen Anhöhe setzten wir uns, und lange betrachteten wir unsere Umgebung. Dann sagte Jesus zu mir: ‚Bleibe ruhig sitzen. Ich setze Mich dorthin, auf den Felsvorsprung. Dann entblöße dich und lasse dich vom Licht der Sonne recht bestrahlen.‘ Ich tat es. Und, liebe Mutter, was nun geschah, ist für mich das größte Wunder und auch die größte Seligkeit. Mir war es, als wenn sich mir eine neue Welt auftat. Ich sah Menschen, so überherrlich schön, wie ich noch keine gesehen habe. Ich stand mitten unter ihnen, und was ich hörte, waren herrliche Gesänge und Psalmen, und es war mir, als wenn Jesus inmitten der vielen, vielen seligen Menschen gewesen wäre. Oh, welche Herrlichkeit habe ich da erlebt!

Ich wurde zurückgerufen durch die Worte Jesu: ‚Maria, komme, bedecke dich wieder. Wir wollen nach Hause gehen. Du hast Mir heute den größten Dienst erwiesen. Denn Ich habe erlebt, welch ein Tempel der Leib eines frommen Menschen ist, und später wirst du es erfahren, wenn Ich deine Kinder segnen werde.‘

Wir gingen Hand in Hand nach Hause, ohne ein Wort zu sagen, schweigend und doch im Herzen so selig. Und nun ist alles zerstört, was mir heute geschenkt wurde.'

Maria drückte das Mädchen an ihre Brust, weinte und sagte: ‚Maria, ach wenn wir doch alles so verstehen könnten, wie du es verstehst.'

Liebe Freunde, wie beschämt waren wir alle, auch Josef. Aber er blieb verbittert. Ich habe Jesus im Herzen verziehen, aber die anderen Brüder nicht. Denn sie waren ja die Gestraften, weil sie an diesem Sabbat auch abends keine Speise zu sich nehmen durften.

Als nun Maria essen sollte, sagte sie: ‚Oh, ich vermag nichts zu essen. Denn ich bin so satt von all dem Schönen und Herrlichen, das ich kein Bedürfnis habe, etwas zu essen.'

Dieser Tag hatte aber noch eine böse und harte Folge. Denn der Priester Levi, der jetzt im Stall steckt, kam nach einigen Tagen zu uns ins Haus. Jesus sehen und wie ein Wütender auf Ihn zugehen, war eins.

Da sagte Jesus: ‚Levi, wer gab dir das Recht, wie ein Wütender über Mich herzufallen? Schweige! Du aber, Vater Josef, löffle du die Suppe aus, die du dir eingebrockt hast. Sieh zu, wie du deinen Freund Levi wieder in Ordnung bringst, auf dass du nicht die Folgen zu tragen hast.'

Jesus ging ohne Worte aus dem Zimmer; aber Levi konnte nicht mehr sprechen. Levi blieb lange ein Stummer, aber unser Vater Josef auch.

Denn Jesus war nicht zu bewegen, Josef eine Hoffnung zu geben. Wir litten lange unter dieser Härte, dabei musste ich erkennen: Es war doch die größte Liebe Jesu! Nur verstehen wollten wir es nicht.

Maria, die Verwandte, verließ am anderen Tage unser Haus, weil es Jesus so wollte. Nach Monaten kam

Josef von selbst zu Jesus und sagte: ‚Mein Jesus, ich weiß, dass ich Dir niemals das Recht einräumen wollte, als ein Freier in meinem Haus zu leben.'

Ein Erlebnis anderer Art musste geschehen, so dass Vater Josef zu Jesus auch noch die Worte sagen konnte: „Jesus, ich ahne Großes, aber ich komme vom Tempel nicht los. Lebe in Zukunft so, wie Du es am besten empfindest. Levi kann wieder sprechen, weil ich Deine Art als die richtige Levi gegenüber vertrat. Levi versprach, nichts mehr zu unternehmen.'"

„Dürfen auch wir dieses Erlebnis erfahren?" fragte der Römer, „bis jetzt hat mich ein jedes deiner Worte so tief berührt, als wenn mein Vater es zu mir spräche."

„Gern", erwiderte Jakobus. „Ein Grieche, ein guter Freund unseres Hauses, kommt ganz bestürzt zu meinem Vater Josef und bittet ihn, sofort zwei oder drei seiner Söhne zu schicken, da ein Sturm großen Schaden angerichtet habe: ‚Alles, was ich tat mit einigen Leuten, war vergeblich, weil uns die Sachkenntnis fehlt. Material habe ich übergenug.'

Vater Josef sagte: ‚Gern, wenn es der Priester erlaubt. Bleibe für heute unser Gast. Ich werde mich sofort aufmachen, um den Priester zu bewegen, die Erlaubnis zu geben.'

Als Josef wiederkam, lehnte er kleinlaut ab, weil der Grieche ein Heide sei. Der Grieche bat händeringend um Hilfe: ‚Meine Viehherden brauchen den Stall. Es ist kein Leben in meinem Hause, und dann glaube ich doch an den Gott der Juden.'

Da sagte Vater Josef: ‚Dann, Bruder, gehe in den Tempel und bitte durch den Hohenpriester Jehova, dass Er dir Hilfe gebe.'

Der Grieche ist entsetzt und spricht: ‚Josef, sind wir doch Freunde seit vielen Jahren, aber was du jetzt verlangst, ist mir ganz unverständlich. Der Hohepriester wird es mir erlauben, aber mit was für einem Opfer! Frage doch in meiner Heimat, was ich an Holz opferte für die Sturmgeschädigten! Frage, welche Arbeiten nötig waren, um das Holz in ihre Boote zu bringen! Und gern brachte ich das größte Opfer - um Jehovas Willen! Was ich aber dem Tempel opfere, geht in die Hände derer, die in Saus und Braus leben, und nicht in die Hände der Armen. Zu jedem Opfer bin ich bereit, wenn du mir hilfst.'

Josef: ‚Freund und Bruder, ich kann es nicht tun, denn ein Wort des Priesters ist mir so viel, als wenn es Jehova Selbst gesagt hätte.'

Erwidert der Grieche: ‚Josef, das kann nicht dein Ernst sein!? Was sagst Du dazu, Jesus? Es war doch einmal eine Zeit, da ein Wort von Dir so viel galt, als wenn es Gottes Wort war.'

Sagt Jesus: ‚Lieber Freund, das war einmal, und es wäre auch heute noch so, wenn sich Gott nicht zurückgezogen hätte, um Mir Gelegenheit zu geben, aus Mir Selbst das zu tun, was einmal Gott in Mir tat. Darum muss Ich ja ringen, aber um Mich herum ist ein Nichtverstehen! Josef bat dich, du solltest zu dem Hohenpriester gehen und der Hohepriester solle Gott bewegen, dir zu helfen. - Gehe heim, in drei Tagen bin ich bei dir und Gott wird dir durch Mich helfen.'

Der Grieche ging, denn er wusste, Jesus hält Wort. Aber nun brannte wieder im Vater Josef das Alte und Anerzogene auf. Er sagte zu Jesus: ‚Erlaube dir ja nicht, zu diesem Griechen zu gehen. Dann brauchst Du nicht mehr wiederzukommen, denn Du bist mir hinderlich, meinem Gott, dem ich Gehorsam zu geben verpflichtet bin.'

Jesus aber sagte: ‚Vater Josef, soweit ist es mit dir gekommen, Mir zu sagen, Ich brauche dann nicht mehr wieder zu kommen? O Mein armer Josef, die Stunde wird kommen, wo du Mich erkennen wirst als den, der erst jedem Hause und jeder Wohnung die Heimat bringt, wie sie aus Gott gedacht wurde. Aber Ich sage dir, keine Macht der Erde hält Mich zurück, Mein gegebenes Wort zu brechen! Ja, Ich verlange, dass du Mir Jakobus mitgibst.'

In drei Tagen war ich nun mit Jesus bei dem Griechen und wir wurden willkommen geheißen. Mit noch einigen Leuten haben wir alles wunschgemäß vollbracht, und der schweigsame Jesus wurde zu einem Anwalt einer Gottesliebe, wie ich es noch niemals von Ihm gehört habe.

Viele Wochen blieben wir bei dem Griechen. Es war mir, als seien es nur Tage gewesen. Als das Haus, der Stall und die Hürde soweit fertig waren, lud der Grieche seinen Schwiegersohn und seine Enkel und noch einige Freunde ein, um ein Fest zu feiern, mit dem er uns ehren wollte. Mir gefiel das ganz und gar nicht, denn es wurde an einem Sabbat gefeiert. So wollte ich mich entfernen. Mir war nicht wohl dabei, an einem Sabbat, an dem wir sonst bis Sonnenuntergang fasteten, ein Fest mitzufeiern. Aber Jesus sagte: ,Jakobus, willst du Mir die Freude verderben? Denn nicht ohne Grund erbat Ich dich von deinem Vater Josef. Also sei so gut und stelle dich ganz auf Meine Seite.'

Schweren Herzens tat ich es. Und wie schön und wohl wurde es mir an diesem Tage.

Die Gäste kamen, besahen alles und es wurde auch alles für gut und schön befunden. Der Schwiegersohn, ein Kaufmann aus Persien, beglückwünschte mich, denn er glaubte, da ich der Ältere sei, ich sei der Baumeister. Aber ich lehnte alles ab mit den Worten: Meinem Bruder gelte der Lohn, nicht mir, da Er der Schöpfer sei und nach Seiner Idee ganz frei baute.

,So, es ist dein Bruder', sagte der Perser. ,Aber wie

kommt es, dass dein Bruder, der Jüngere, zu solch einer Geschicklichkeit und Meisterschaft gekommen ist? Denn ihr habt doch ein und denselben Meister gehabt!'

Ich erwiderte, dass eben Jesus, mein Bruder, ein geborener Meister sei: ‚Und du kannst Ihn ja selbst fragen, wie Er zu einer solchen Meisterschaft komme?'

Der alte Leonhard schmunzelte, als er das Gespräch hörte und seine Augen strahlten, als sein Schwiegersohn sich Jesus näherte und Ihn fragte: ‚Ist es Tatsache, dass Du ganz nach Deiner Idee dieses Haus mit allem Zubehör mit Deinem Bruder fertig gestellt hast?'

Spricht Jesus: „Ja, Arsellus, du bist richtig unterrichtet worden. Es ist aber dies nur ein Geschenk Meines ewigen Vaters, der Mir Anweisungen gab, dieses Haus mit allem, was dazu gehört, so zu bauen.'

Arsellus: ‚Dein ewiger Vater? Du bist doch ein Jude!? Wie kommst Du dazu, von einem ewigen Vater zu sprechen, der sich mit irdischen Häusern und Ställen abgibt? Das ist mir schleierhaft. Aber noch ist meine Frage nicht beantwortet, denn nicht um das Bauen geht es, sondern um die Idee. Denn noch niemals sah ich auf meinen weiten Reisen ein derartiges Haus mit solch praktischem Zubehör. Siehe, das Vieh auf der Weide kann ohne Hirten bei Sturm und Regen den schützenden Stall aufsuchen. Dann diese Tränkanlage! Niemals kann das Quellwasser beschmutzt werden. Das ist doch ein Wunder einer Baukunst! Ich möchte wissen: War das auch Dein ewiger Vater? Mein Vater ist dem Äußeren nach auch Jude geworden. Du bist ein Jude, sage mir, ist Dein Gott ein anderer als der, den mein Vater angenommen hat und zu dem er betet?'

‚Arsellus', antwortete Jesus, ‚es ist nur ein Gott. Aber ein Unterschied besteht. Der Gott, den die Juden verehren, wohnt im Tempel zu Jerusalem und Mein ewiger Vater ist derselbe Gott, aber Er wohnt in Mir, in Meinem Herzen. Von deinem Schwiegervater wirst du erfahren, warum Ich mit Meinem Bruder hierhergekommen bin, aber es wird dich noch nicht überzeugen, weil du dich von deinen Göttern nicht trennen kannst und nicht möchtest. Dass aber deine Götter ohne Licht und Leben sind, will Ich dir beweisen.

Dein Weib ist auf dem Wege hierher zu euch, kann aber nicht weiter, da sie ein Unglück hatten, denn der Wagen ist in einem tiefen Loch stecken geblieben. Da die Last des Wagens zu schwer ist, ist es dem Knecht nicht möglich, den Wagen allein zu entladen und ihn wieder herauszuheben. Und dein Weib kann nicht mithelfen, weil sie hochschwanger ist und fürchtet, Schaden zu nehmen. Dir aber zum Beweise, dass es Mein ewiger Vater in Mir ist, so bitte Ich dich, veranlasse, dass sofort ein Knecht mit einem schnellen Wagen deiner Frau und dem Knecht zu Hilfe kommt, denn auf dem Wege zum Zedernwald, zwei Stunden von hier, ist die Stelle.'

Kopfschüttelnd geht Arsellus zu seinem Schwiegervater und erzählt, was er von Jesus hörte und was getan werden solle. Da aber Leonhard schon zugehört hatte, gab es natürlich keinen Zweifel. Und sofort wurde ein Knecht beauftragt, den schnellen Wagen einzuschirren. Und Arsellus fuhr mit dem Knecht zu der bezeichneten Stelle.

Dadurch verspätete sich nun das Essen. Die Gäste waren natürlich sehr neugierig, ob an der Darstellung des Zimmermanns Jesus etwas Wahres sei. Inzwischen wurde nun das Haus richtig besehen, und nur Lob konnte uns gezollt werden. Mir war das alles wie ein Wunder. Denn ehrlich gesagt, das ganze Bauen war ein Wunder und nur Jesus allein kann die rechte Auskunft geben.

Nach ungefähr zwei Stunden wurde die Wahrheit offenbar, als Arsellus mit seinem Weibe erschien. Die Knechte hatten noch mit dem Wagen zu tun. Ein allgemeines Staunen setzte ein und Jesus tat, als sei gar nichts geschehen.

Als die Tochter sich bei ihrem Vater etwas erholt hatte, fragte dieser: ‚Wie kommt es, dass du gerade am Sabbat mich besuchen kommst?' Denn sie wusste ja nicht, dass Arsellus seine Reise ändern würde.

Da sagte sie: ‚Vater, mir war, als wenn mich die Mutter rief, so genau ihre Stimme und so bestimmt, wie sie immer in ihrem Leben war. Ich wollte meines Zustandes wegen nicht fahren. Aber dringender wurde die Stimme der Mutter und so bestimmte ich den Knecht, mit dem aufgeladenen Wagen zu fahren und mich mitzunehmen. An den Sabbat habe ich nicht gedacht, weil es doch die Mutter war, die mich aufforderte.'

Als das Essen vorüber war, machte es sich nötig, dass auch Jesus zu allen etwas sagte. Er ging hin zu Arsellus und sagte: ‚Arsellus, um deinetwillen wurde dein Weib gerufen. Denn heute noch wirst du einen Sohn und du, Leonhard, einen Enkel in deinen Armen halten. Mein Vater hat Mich beauftragt, euch dieses zu sagen, um euch den Beweis zu geben. So mag dein Weib, Leonhard, zu euch allen sprechen, und ihr Freunde dürft diese heilige Wahrheit erleben. Doch Ich bitte euch, dass nur du, Irmina, du, Arsellus, und du, Leonhard, zu eurer Mutter sprecht. Ihr alle aber sollt Zeugen sein. Die Zeit sei auf eine Stunde zugelassen.'

Liebe Freunde, es war so, wie Jesus sagte. In einer Stunde war das Wesen vor aller Augen verschwunden. Nun aber ging ein Fragen los, und Jesus war vor eine Aufgabe gestellt, vor der mir schauderte. Oh, es gelang Jesus, alle Fragen zu beantworten. Aber da es sehr spät wurde, schlug der Gastgeber vor, die Ruhe aufzusuchen.

Der andere Tag war der Freude und den Besuchern geweiht. Nun erfuhren alle, dass wirklich ein neuer Erdenbürger das Licht der Welt erblickt hatte, wovon niemand etwas merkte. Denn die Geburt war wiederum ein reines Wunder. So war alles ein Staunen um Jesus.

Aber mit Seinem Vater wurden sie nicht einig. Es genügte allen, zu glauben, dass Gott nicht nur im Tempel, sondern in einem jeden Herzen zu finden sei, und da sei Er, Jesus, der Beweis.

Was nun noch mit den Gästen alles besprochen wurde, ist mit wenigen Worten gesagt. Jesus hatte vollauf zu tun, die Neugierde und den Wissensdrang zu befriedigen. Und viele Herzen hatte Er als Freunde gewonnen.

Als wir zurück nach Nazareth kamen, war der Groll meines Vaters vergangen und herzlich wurden wir willkommen geheißen. Jesus schwieg, wie immer. Aber zu mir sagte Er: ‚Jakob, es ist nun deine Aufgabe, Mir Mein Leben hier im Hause erträglich zu gestalten. Bitte sieh zu, dass du deinen Vater Josef überzeugen kannst, dass Ich immer noch derselbe bin, in dem Gott von Ewigkeit zu Ewigkeit Mensch wurde und Ich in Meiner Seele das Gefäß werde, dass man in Mir Gott erschauen und erleben kann.'

Nun, Freunde, will ich schweigen und Du, mein Jesus, bekenne nun Deinen Vater, dessen Sohn Du bist.

Da sagt Jesus ganz einfach und schlicht: „Was soll Ich noch dazu sagen, obwohl Ich alle eure Gedanken kenne und auch eure Sehnsucht, so sind schon genug Worte gesagt worden. Vor allem bin Ich der, auf den alle warten, oder soll das Volk auf einen anderen hoffen?

Ihr seid von Geburt an so genannte Heiden und erst später erkanntet ihr den Gott der Juden. Aber damit ist euch wenig gedient. Ihr erkennt wohl das an, was Gott durch Moses und die Propheten Seinem Volke sagen musste, aber damit ist die Verbindung mit dem ewigen Gott noch keine restlose. Durch die Verheißungen, dass ein Retter und ein Erlöser kommen werde, ist natürlich die Sehnsucht nach dem Retter oder Messias immer größer und größer geworden.

Von was will das Volk erlöst sein? Doch nur von dem, was ihre volle Freiheit bedrückt und ihrem Leben einen gewissen Zwang auferlegt. Der Tempel, als der Vertreter Gottes, weiß um alles, auch, dass Ich in die Welt gekommen bin. Aber sie können mit Mir nicht zufrieden sein, weil Ich nicht im Tempel, sondern im Stall geboren bin.

Der Tempel weiß Meine ganze Einstellung dem Ewigen gegenüber. Wenn Ich auch noch ein Kind war, so hat dieses Kind im Großen und Ganzen von dem Retter und Erlöser doch das Bild gezeigt, aber es wurde abgelehnt. Es muss aber doch in dem Kind etwas sein, was nicht abgelehnt werden kann. Und das wird allen Menschen offenbar, auch euch! Die göttliche Kraft, die Jakobus euch schilderte, ist in Mir genauso wie sie im Kinde war. Und jetzt, wo Ich bemüht sein muss, so zu wachsen und zu reifen, dass das Göttliche in Mir so mächtig wird, dass Ich alles, was Ich von der Erde übernommen habe, vergöttliche und den wahren und ewigen lebendigen Gott verkörpere; dass dies weniger mit Worten, sondern nur durch Werke geschieht, ist eine Selbstverständlichkeit. Worte sind billig. Es gehört aber ein Leben, ein göttliches Leben dazu, um die Worte in die Tat umzusetzen. Und vor diesen Aufgaben stehe Ich!

Nun aber ist dies, was Ich euch allen zeigte nur das

Ziel und zu einem jeden Ziel gibt es auch Wege. Ich aber will den kürzesten Weg gehen, um zu diesem hohen und heiligen Ziel zu gelangen. Und zwar deshalb, weil Ich die Sehnsucht Meines Vaters in Mir fühle und kenne, und zweitens, weil Ich die Macht der Finsternis überwinden muss mit den Mitteln, die in Mir wie auch in einem jedem Menschen liegen. Sie heißen: Liebe, Demut und volle Hingabe!

Dieses göttliche Leben wird erkennbar, indem man in jedem Menschen seinen Nächsten sieht und ihn mit einer Liebe umgibt, die nur helfen und dienen will, damit auch in ihm ein göttliches Leben erstehen kann. Bedenket, liebe Freunde, inmitten der Feinde lebe Ich Mein eigenes Leben aus Gott. Ich habe nicht nötig, Mich erziehen zu lassen von Lehrern und Priestern, denn das Göttliche in Mir ist Mein Erzieher. Ich habe nicht nötig, Menschen zu fragen um das, was Mir dient, weil das Göttliche in Mir die Anweisung gibt, was Ich tun und lassen soll.

So weiß Ich nun auch eure Gedanken und sie lauten fast einmütig: ‚Es ist alles schön und gut, aber die Beweise.‘ Freunde, was wollt ihr noch an Beweisen, bin Ich euch nicht Beweis genug? Du, Arminius, genügt dir das Zeugnis Meines Vaters immer noch nicht? Darum gehe in dich und prüfe dich ernstlich, um deines ewigen Heiles willen.

Sehet, Freunde, wenn in euch das große Erkennen kommt: der Mensch ist und soll das Ebenbild Gottes sein, so muss auch das erkannt werden, dass sich Gott nicht nach Seinen Menschenkindern richten muss, sondern der Mensch muss sich richten nach Gott! Darum bin Ich in die Welt gekommen, um das Bild Gottes lebendig zu machen, indem Ich Gott in allem verkörpere. Dann wird das lebendig in einem jeden: Gott zu lieben und zu danken, weil Ich als Mensch einer Gnade gewürdigt werde, Ihn zu verherrlichen, und das kann nur geschehen durch die Liebe! Noch bin Ich nicht so weit gereift, um in der Öffentlichkeit zu wirken, aber Ich bin in der größten Hoffnung, es bald erreicht zu haben. Um euch aber etwas zu schenken auf eurem Lebensweg, bittet Mich Mein Vater, euch zu sagen: Schauet um euch, und ihr werdet die schauen, die ein viel größeres Interesse an euch haben als die Menschen um euch."

Nach einer Weile spricht Jesus: „Freunde, sprecht mit ihnen, unterhaltet euch, damit ihr erlebt, es sind nicht Träume oder Schemen, sondern Menschen wie ihr, nur ohne die Leibeshülle."

Jakobus erlebte nun wieder den Herrn und die Engel, die er früher schaute und mit tiefer Reue wurde er erfüllt. Denn nun erlebte er, wie Jesus in Seinem Ringen immer allein war. Er erlebte die finsteren Mächte, die immer seinen Vater Josef umringten; und jetzt erlebte er wieder, wie ein Priester Josef drängte, um den Aufenthalt von Jesus und Jakobus zu erfahren und eine Sehnsucht kam über ihn, recht rasch nach Hause zu ziehen.

Der Römer war der Ruhigste; er erkannte sofort seinen Vater, und eine Ruhe und Geborgenheit überkam ihn und alle Fragen waren gelöst. Hermes erlebte Priester, die ihm zürnten, und Hella war überglücklich, weil ihr Mann ihr versicherte: „Jetzt hast du das wahre Heil gefunden und ich auch."

Sagte nun Jesus: „Es sei genug erbarmender und göttlicher Liebe. Lasset alles Erlebte dieser Stunde zu einem Scheidewege werden, denn ehe Ich euch Weg und Wahrheit werde, muss Ich noch vieles in Mir bereinigen, festen und leiden. Doch ein herrlicher Lohn winkt Mir: Ich und der Vater werden eins sein! Und Mir wird gegeben werden alle Macht und alle Gewalt im

Himmel und auf Erden!

Dass dieses aber nicht nur Worte sind, so sage Ich aus Mir heraus: Eure Becher und Krüge sollen voll des besten Weines sein, und wir wollen diesen Wein trinken als ein überherrliches Geschenk von Meinem ewigen Vater!"

Jesus nahm den Becher und sagte: „Vater, Du Ewiger und Heiliger, aus Deinem übervollen Herzen schenktest Du uns diesen Wein, darum Dank sei Dir!

Und ihr, Freunde, trinket diesen Gedächtnistrunk und vergesset die Stunde nicht, die uns dieses Himmelsgeschenk brachte."

Ja, das war ein Wein - und alle verspürten ein so liebliches Wehen, und der Römer sagte: „Hella, wie soll ich dir danken? Indem du meine Hilfe suchtest, fand ich Hilfe durch Jesus. Wie neu ist mir der Gedanke: Durch dich lernte ich Jesus kennen. Durch Jesus lernte ich die ganze freche Art der Priester kennen, wie aber auch meinen Vater, der mir ans Herz legte, ein Römer zu werden, der sich die göttliche Liebe zu Eigen machen soll."

Ein Priester im Stalle und hier ein Himmel auf Erden! Der Römer stand auf und kam nach einer kleinen Weile mit dem Priester und dem Wache haltenden Soldaten, der nicht wusste, wie ihm geschah.

Der Römer sagte zu dem Priester: „Hast du einsehen gelernt, dass du dich in einem großen Irrtum befandest? Ich sage dir, ich bin dir kein Feind und möchte, dass auch du die Segnungen dessen erlebst, dem du und wir alle unser Sein verdanken. Heute habe ich einen anderen Gott erlebt als den Zeus und den, den ihr im Tempel verehrt, sondern einen lebendigen Gott, der nur das ewige Heil der Menschen im Auge hat. Hier, trinke diesen Becher guten Weines und dann sage mir, was du empfindest."

Der Priester weiß nicht, was er tun soll. Zweifelnd nimmt er den Becher, kostet nur einen Schluck, dann trinkt er wie ein Verdurstender den Becher leer und spricht: „Herr, das ist kein Wein, der gekeltert wurde, sondern ein Wein aus den Himmeln. Habe Dank, du hast mich gestärkt. Nun will ich meine Strafe hinnehmen. Ich sehe es ein, ich habe in größter Verblendung gefehlt. Jesus, wenn es möglich ist, verzeihe mir! Oh, wenn ich doch alles rückgängig machen könnte!"

Sagte Jesus: „Levi, zur Umkehr ist es niemals zu spät, mache gut, was sich gutmachen lässt und werde ein rechter Priester unseres ewigen Gottes und Vaters. Werde demütig, wahrhaft in der Liebe zum Nächsten und betrachte alle Menschen als deine Brüder und Schwestern. Denn der Weg zu Gott ist der Weg der wahren Nächstenliebe; und ein Diener Gottes zu werden, heißt: Diener der Menschenbrüder sein."

Der Sabbat wurde ganz im Sinne Jesu verlebt. Kein Fasten, aber dafür innere Betrachtung. Der Römer, wie der Grieche, erhielten nun einen anderen Begriff vom Sinn des Lebens. Die Stunden aber, die im Hause der Hella verlebt wurden, waren eine herrliche Aussaat göttlichen Liebesamens, und Jesus segnete beim Abschied das ganze Haus und die Freunde.

Als beide wieder in Nazareth einwanderten, waren ihre Herzen voller Friede und Freude, denn was für das Haus Josefs das Wichtigste war: Josef bemühte sich, seinen Lebensstandpunkt demjenigen von Jesus anzugleichen.

Reich beschenkt und dankbar betrachteten sie alle, was der Grieche und Hella dem greisen Josef und der Mutter Jesu als Geschenk mitbrachten und für viele Monate war das Haus Josefs aller Not enthoben.

V. Erste Begegnung mit Ingra

Wieder kam ein Auftrag an Josef, einer Witwe ihr baufälliges Häuschen so herzurichten, dass alle Not und Sorgen um das Häuschen vorbei wären. So bestimmte der alte Josef, dass Joel, Jakobus und Jesus bei der alten Witwe schaffen sollten und freudig gingen sie ans Werk.

Diese Witwe aber hatte eine Tochter im gleichen Alter wie Jesus. Diese Tochter weilte gern in Seiner Nähe. Die Brüder waren darüber ungehalten, denn es lag nicht in ihrer Art, während der Arbeit sich mit anderen zu unterhalten. Sie warnten ihren Bruder Jesus, der sich auch vornahm, die Brüder nicht länger zu betrüben. Er bat das Mädchen, nicht mehr so oft zu kommen, da sie ja nach Feierabend sowieso bei ihrer Mutter weilten und dort wohnten.

Alles nahm ein Ende, so auch diese Arbeit. Jesus war bekannt als ein Stiller, ja als ein Sonderling, der sich eigentlich abschloss von anderen Menschen, niemals sich belustigte mit anderen und jungen Mädchen aus dem Weg ging. Doch mit dem Mädchen von der Witwe hatte es eine andere Bewandtnis.

Da die Brüder eine längere Fußwanderung hatten, sollte früh, sehr zeitig aufgebrochen werden, um gleich nach Mittag zu Hause zu sein, da ja der andere Tag ein Sabbat war.

Jesus aber hatte Kummer. Das Mädchen kam Ihm nicht aus dem Sinn. Dem Mädchen muss es ebenso ergangen sein, denn immer und immer wieder kam sie zu Ihm und ihre Augen blickten Ihn so bittend an, dass Er fragte, was ihr fehle.

Da sagte sie: „Mir fehlt nichts und doch alles, denn Du gehst mir nicht aus dem Sinn. Ich weiß, Du bist anders als die anderen und doch kommen wir zu keiner

Aussprache."

Jesus sagte: „Mädchen, Mir ergeht es ebenso. Doch in Mir lebt etwas ganz anderes. Denn Ich darf Mich nicht binden, da Ich längst ein Gebundener bin und Meine Aufgaben kenne."

Sagte sie: „Bist Du an ein Mädchen gebunden?"

Jesus schüttelte den Kopf und sagte: „An ein Mädchen? Nein! Aber an eine Aufgabe, die Mich voll und ganz erfüllen soll und Ich deswegen von fast keinem Menschen verstanden werde. Meine Mutter, die Mich liebt, wie es keine andere Mutter tun könnte, versteht Mich am allerwenigsten. Sie weint, wenn Ich allein in die Natur gehe. Sie ist traurig, wenn Ich am Sabbat nicht daheim bin und Mein alter Vater grollt Mir deswegen, ohne es Mir zu sagen."

Sagte sie: „Ja, warum änderst Du es nicht? Man muss doch Vater und Mutter lieben und nichts tun, was sie betrüben könnte. Ich würde nichts tun, was Meiner Mutter wehe tun würde."

Jesus: „Tut dir das weh, weil Ich dir das offenbare? Aber wisse, Ich liebe Meine Mutter, wie auch Meine Brüder und Schwestern, und sie lieben Mich auch, aber verstehen können sie Mich nicht."

Ingra: „Oh, Du Armer, könnte Ich dir doch etwas sein und Dir tragen helfen Deine unsichtbare Last, die Du nicht auf den Schultern, sondern im Herzen trägst."

Jesus: „Mädchen, dann komme heute einmal auf ein Stündchen zu Mir. Dort unter dem Baum, neben dem Haus, werde Ich auf dich warten. Doch bitte zuvor deine Mutter um Erlaubnis."

Jesus wartete auf das Mädchen. Joel rechnete mit der alten Witwe ab und die Brüder brauchten eine lange Zeit; sie wollten ja auch etwas Geld mit nach Hause bringen.

Mit einer Entschuldigung kam das Mädchen und

setzte sich neben Jesus. Er nahm ihre Hand, die sie Ihm ließ und Ihn durchströmte ein Gefühl wunderbarster Art und konnte doch nichts sagen. Dem Mädchen erging es ebenso.

Dann fragte sie Ihn, wie Er eigentlich gerufen werde. Da sagte Er: „Jesus! Ich habe nur den einen Namen. Und wie ruft man dich?"

Sie erklärte: „Ingra ruft mich meine Mutter."

Jesus spricht: „Ingra, o Ingra, weißt du, was dein Name bedeutet?"

Sie verneinte. Da sagte Er: „Die Erwählte. Wer dich erwählt, hat gut gewählt. Darum, um deines Namens willen, sei klug, liebe Ingra. Denn falsch gewählt bringt Kummer und Plage!"

„Das kann ich aber nicht begreifen", erwiderte sie, „was liegt denn an dem Namen? Welche Bedeutung hat denn Dein Name?"

„Auserwählter", antwortete Jesus.

Da stand sie auf und sagte: „Du treibst mit mir Scherz. Ich solle eine Erwählte sein und Du ein Auserwählter? Das kann nicht Dein Ernst sein."

„Doch", wurde ihr zur Antwort, „es ist Mein heiliger Ernst! Noch niemals so wie in dieser Stunde ward es Mir offenbar, dass Mein Name diese Bedeutung hat und der deine ebenfalls."

Da schmiegte sie sich an Ihn, schaute in Sein Gesicht, doch da es dunkelte, konnte sie nur das Weiße in den Augen sehen. Beide schwiegen. Doch ernste Gedanken durchwogten Jesu Seele und in Ihm sprach es: „Gebiete Deinem Herzen Schweigen, denn in Mir offenbaren sich zwei Welten. Die eine verlangt nach dem Mädchen mit dem reinen Sinn und die andere Welt verlangt nach dem Gehorsam dem ewigen Gott gegenüber!"

Und Jesus sagte: „Ingra, Ich fühle und empfinde

dich so lebendig und doch darf Ich es dir nicht sagen, was Mich belebt in deiner Gegenwart. Wir wollen uns trennen. In Mir aber bist du wie eingemeißelt. Ich weiß, du liebst Mich; Ich liebe dich nicht minder, und doch ringt alles in Mir um dich. Aber die andere Macht ringt ebenso um Meinen Besitz. Kannst du Mich verstehen, liebe Ingra?"

„Nein, das kann ich nicht", sagte sie, „aber ein Mädchen muss auch ihrem Herzen Zwang antun und nicht besitzen wollen, wozu ihr Herz drängt. Doch wir werden uns wieder sehen, mir ist, als ob wir uns nicht verlieren können. Kannst Du mir keine Hoffnung machen auf ein Wiedersehen?"

„Ingra, wir werden uns wieder sehen und dann soll diese Stunde die Entscheidung sein!" war Seine Antwort.

Sie stand auf und sagte: „Du hast gesprochen, so soll es sein. Erwählst Du mich, dann bin ich Deine Auserwählte. Ich werde keinem Mann die Hoffnung geben, bis die entscheidende Stunde gekommen ist."

Sie kniete nieder vor Ihm und sagte: „Lege Deine Hände auf mein Haupt und segne mich und liebend will ich dieser Stunde gern gedenken. Ich danke Dir mit einem Kuss. Du bist der erste Mann, dem ich meinen Mund reiche."

Dann verschwand sie im Hause. Jesus aber blieb noch die halbe Nacht sitzen. Er wusste, Ingra sitzt am Fenster und schaut unentwegt auf Ihn. Am frühen Morgen verließen sie das Haus und eilten nach ihrer Heimat.

VI. Zweite Begegnung mit Ingra

Monate vergingen, ja Jahre wurden es. Jesus aber konnte das Mädchen nicht vergessen, und immer blieb Er im Geiste mit ihr in Verbindung. Da fühlte Er auf einmal Ingras Not, denn Ingras Mutter krankte und war um die Zukunft ihres Kindes besorgt.

Eine kleine Tagesreise entfernt arbeitete Jesus mit Seinem Bruder Jakob allein bei einem reichen, aber gütigen Menschen. Er konnte keinem Menschen Seinen inneren Kampf anvertrauen. Die Mutter konnte Ihn nicht verstehen und Seine Brüder gleich gar nicht.

Der Vater Josef war gestorben. Die Schwestern waren nicht mehr im Hause, und der ältere Bruder Joel hatte das Haus und das Anwesen übernommen. Aber die Mutter Maria besorgte das Hauswesen. So war Jesus wie ein Ausgestoßener. Doch überall, wo Jesus arbeitete, allein oder mit Seinen Brüdern, wurde Er als der Sohn Josefs behandelt.

Bei dem reichen und gütigen Mann, wo Er mit Jakob arbeitete, wurde Er besonders gut behandelt, und väterlich sagte er zu Ihm: „Ich habe noch eine Tochter. Du hast sie gesehen und mit ihr gesprochen. Sie liebt Dich, und wenn Du mich glücklich machen willst, alles soll Dir gehören. Ich bitte Dich, werde Mein Sohn!"

Jesus aber wusste es längst, wie es in dem Herzen dieses gütigen Menschen aussah. Darum sagte Er zu ihm: „Ich darf es nicht tun. Ein Höherer hat zu bestimmen und es ist Mein Los, gehorsam zu sein dem, der Mir die Aufgabe gestellt hat. Es ist noch ein Mädchen, das auf Mich wartet. Es ist Mir schwer, es diesem Mädchen zu sagen. Wenn Ich sie nur hier hätte, denn es wird Mir eine schwere Stunde werden, es ihr zu sagen!"

Sagte der alte Herr: „Mein Sohn, ich werde das

Mädchen rufen lassen. Ich habe Diener genug. Wo wohnt sie und wie ist ihr Name?"

Spricht Jesus: „Es ist nicht nötig. In dieser Nacht rufe Ich sie und morgen könnte sie hier sein."

Der alte Herr ist ganz verwundert und spricht: „Du willst sie rufen? Mein Sohn, das möchte ich erleben. Nein, das ist nicht möglich. Sollte es aber möglich sein, dann nehme ich meine Bitte zurück wegen meiner Tochter. Dann bist Du ja der, auf den wir alle warten. Denn in dieser Knechtschaft leben gibt keine Gewähr auf eine glückliche Zukunft."

Da antwortete Jesus: „Nun, so werde Ich sie in deiner Gegenwart rufen, denn sie befindet sich in ihrer Kammer und sehnt sich nach Mir."

Dann ruft Er: „Ingra, Ingra, Ingra, komm zu Mir, aber eile und sorge dich nicht, denn Engel werden dich führen."

Als Jesus dieses gerufen hatte, schaute der alte Herr Ihn so treu an und sagte: „Wenn diese Ingra kommt, werde ich sie halten wie meine Tochter, die schon längst bei ihrer Mutter weilt, denn sie hatte ihre Mutter nicht gekannt."

Am anderen Tage schwieg der alte Herr. Mit seinen treuen Augen besah er die Arbeit, sonst schwieg er. Dann aber sagte er: „Heute macht ihr zwei Stunden eher Feierabend, denn ich erwarte Besuch. Und Du, mein junger Freund, bist herzlich eingeladen. Du aber, Jakobus, verzeihe mir, dass ich dich nicht einlade, denn meine Leute feiern heute ein kleines Fest und da sollst du mich vertreten, weil ich nicht dabei sein kann."

Jakobus nahm mit Freuden an und so war alles geordnet. Jesus aber wusste: Ingra ist auf dem Weg zu Mir und wird zwei Stunden vor Feierabend hier sein.

Ein Gastzimmer ließ der alte Mann für Jesus und Ingra herrichten; denn es war ihm auch Gewissheit, dass Ingra wirklich kommt. In ihm war Freude und Trauer. Freude, dass zwischen Jesus und Ingra eine Löse kommt und Trauer, weil er nicht überwunden hatte den heiligen Trieb, seine Tochter ganz beglücken zu können.

Nun war es soweit. Feierabend wurde gemacht und Jesus ging der sehnsüchtigen Ingra entgegen.

Ingra war ganz verwirrt, als sie von Ihm begrüßt wurde.

Jesus aber fragte: „Ingra, wie kommst du hierher?"

Da sagte sie: „Du hast mich doch gerufen, ich solle eilen, Engel würden mich führen. So bin ich nun da. Hast Du mich erwartet?"

„Ja, mit Sehnsucht und mit Bangen, denn Ich möchte dich doch nicht enttäuschen", erwiderte Jesus.

„Wie kannst Du mich enttäuschen, wenn Du mich rufst", erwiderte sie Ihm leidenschaftlich, „denn nimmer hätte ich es ausgehalten ohne jede Nachricht von Dir!"

Jesus ergreift ihre Hand und spricht: „Nun, so komme, Du wirst erwartet."

Er führt nun Ingra Seinem väterlichen Freund zu und sagt: „Ingra ist gekommen, genauso wie Ich es ersehnte."

Spricht der alte treue Herr: „Sei willkommen, meine Tochter. Betrachte dich hier wie zu Hause. Kein Leid soll dir geschehen und du sollst dich hier wohl fühlen. Nun will ich euch in euer Gemach führen, denn müde wirst du von der langen Fußreise sein und wirst einen gerechten Hunger haben, wie auch Du, mein Sohn, denn ihr habt heute viel geschafft."

Er nahm beide bei der Hand und führte sie in eines seiner Gemächer, wo ein Tisch gedeckt war mit guten Speisen und einem Krug guten Weines. „So, nun verlasse ich euch, denn was ihr euch zu sagen habt, ist nicht für meine Ohren. Gott segne euch und lasse euch das Rechte tun", sprach er und verließ das Gemach.

Beide waren nun allein. Ingra sah Jesus an und sagte: „Aber allein hier in einem fremden Haus; hier zwei Lagerstätten und allein. O wenn das meine Mutter wüsste, sie würde mich nicht hierher gelassen haben."

Jesus spricht: „Ingra, dies ist nicht Mein Wille. Aber zeugt es nicht von einem Riesenvertrauen, das unser väterlicher Freund zu uns hat? Sei versichert, wir werden ihn nicht enttäuschen. Lasse uns stärken mit diesem Mahl."

Sie taten es, und dann fragte Ingra: „Weißt Du, warum ich hier weile?"

„Ich weiß es, Ingra", erwiderte Jesus, „denn deine Mutter drängt zur Heirat mit deinem Nachbar."

Ingra spricht: „Wie kannst Du es wissen? Denn noch zu keinem Menschen habe ich ein Wort gesagt. Aber Du hast Recht, denn die Ungewissheit wegen Dir ist zu groß. Nun frage ich Dich: Was wirst Du mir antworten? Denn ich mag in dieser Ungewissheit nicht mehr länger leben. Aber höre, Du sagtest, es sei nicht Dein Wille, dass ich hierhergekommen bin. Warum riefst Du mich dann, zu kommen?"

Spricht Jesus: „Ich rief dich, weil dein Herz Mich suchte und Mich rief. Ingra, komm und mache es dir bequem und ruhe dich aus, denn du brauchst Ruhe und Ich auch. Lege dich hier auf dieses Lager. Ich setze Mich neben dich und dann will Ich dir alle deine Fragen beantworten. Du hast doch Vertrauen zu Mir?"

Sie erwiderte: „Ja, ich vertraue Dir voll und ganz."

Nun war es soweit, und die Ruhe kam über Ihn. Es ist unglaublich, was in einem Herzen vorgeht, das nicht in der inneren Ruhe ist. Nun war Er die Ruhe selbst. Dankbar blickte Er auf zu Seinem Vater und sagte: „Vater, Ich danke Dir, dass Du Meiner Sehnsucht endlich

Erfüllung gibst. Darum soll diese Stunde gesegnet sein."

Und Ingras Hand erfassend, spricht Er weiter: „Ingra, sei stark! Denn wisse, Ich darf niemals eines Weibes Mann werden. Denn alle Meine Aufgaben sind göttliche. Kein Mensch kann es verstehen! Kein Mensch ahnte, welche Kraft nötig ist, um das zu erreichen, was erreicht werden muss! Nicht rief Ich dich, um dir alles sagen zu können. Aber Ich weiß, du liebst Mich mit der reinen Liebe, die nur wahrhaft glücklich machen will! Siehe, wenn Ich dich brauche, wie eine Pflanze, die Wasser haben muss, um nicht zu verdorren, so brauche Ich dich, um Mich selbst zu erproben, inwieweit Ich gefestigt bin. Darum bitte Ich dich, liebe Ingra, Mich zu verstehen. Deine Liebe gibt Mir Gewähr, Mich auch verstehen zu wollen!"

Sagt Ingra: „Mein Bruder, nun ahne ich, was Du und wer Du bist. Denn in meinen Gebeten sah ich nur Dich und immer nur Dich. Oft erschrak ich über mich selbst und dachte, Gott kann man nicht sehen. Aber immer, wenn ich recht innig betete, da erschienst Du mir, und Dein Bild wurde immer fester. Da bin ich oft verzweifelt und wollte auch nicht mehr beten. Denn dann müsstest Du ja Gott Selbst sein?"

Jesus spricht ganz leise: „Ich bin der, der Ich bin, ein Mensch. Auch Ich muss beten, mehr als du ahnst. Denn zu groß ist Mein Verlangen, reif zu werden für die Aufgabe, die zu erfüllen ist, denn Mein Vater lässt Mich nicht umsonst diese harte Schule durchleben. Siehe, du willst endlich klar sehen, - Ich darf nicht Rücksicht auf dich nehmen. Ich möchte dir auch nicht wehe tun für deine Liebestreue, denn in deinem Herzen lebe Ich längst als dein Geliebter. Ich weiß noch mehr, dass du in deiner Liebesgröße kannst Opfer über Opfer bringen für Mich. So bitte Ich dich um das allergrößte Opfer: Verzichte auf Mich! Verzichte aber nicht mit deinem Willen, sondern mit deinem Herzen, aber Mein Bild in dir, lasse es das Bild deines Gottes werden!"

Sie klammert sich an Ihn und spricht: „Jesus, Jesus, so sind alle meine Träume, alle meine Phantasien wahr und Du bist der, der da kommen soll. O Jesus, was soll ich Dir da tun? Ja, ich kenne nun Deinen Namen. Ich erlebte ihn in einer Nacht, da ich Dich rief in meiner Sehnsucht."

Jesus antwortete ganz ernst: „Ich rief dich niemals, Meine Ingra. Dein Herz schrie nach Mir. Selig, wessen Herz nach Mir rufen wird. Aber noch seliger, in wessen Herz Ich nicht nur als ein Bild, sondern lebendig wohnen kann, als wäre das Herz der Tempel, wo Gott wohnt für ewig!"

Ingra spricht: „Jesus, jetzt verstehe ich Dich nicht. Du bist doch Mensch! Versündigen wir uns nicht? Was habe ich geweint, wenn ich im Gebet Dich erlebte, wenn ich versunken in Dir, ein Gefühl mich überkam, dass, wer in solcher Verbundenheit mit Dir lebt, doch keinen Gott mehr braucht. O Jesus, was habe ich gelitten um dieser Liebe willen zu Dir und doch darf ich niemals Dein liebes und getreues Weib werden."

Ingra weinte. Jesus aber trocknete ihre Tränen und sagte: „Ingra, deine Tränen sind geheiligt, und deine Liebe zu Mir, - lasse sie zu einer noch heiligeren Liebe werden - wir wollen ganz eins werden! Noch bin Ich nicht eins mit Gott. Denn mit Gott eins werden heißt auch eins werden mit den Menschen, mit denen Ich zu leben habe. Nun bist du da, bist Mir die Allernächste in dieser Stunde. Aber glaube Mir, es ist schwer, den Entferntesten zu Meinem Allernächsten zu machen!"

Ingra spricht: „Jesus, Du musst zu mir verständlicher reden, denn das kann ich nicht verstehen, dass der Entfernteste Dir der Allernächste werden soll. O Jesus, Jesus, rede zu mir so, dass ich Dich ganz verstehen kann. Vor allem möchte ich Dich verstehen lernen."

Jesus erhob sich und ging im Gemach umher. Dann legte Er sich an ihre Seite und sagte: „Ingra, warum willst du Mich nicht verstehen? Ist der Entfernteste nicht auch unser Bruder?"

„Wen meinst Du als den Entferntesten?" erwiderte sie.

Da sagte Er: „Der ist der Entfernteste, der Meinem ewigen Vater Feind ist und den Ich für den Vater zu gewinnen suchen muss. Die Wege zu ebnen, auf denen er sich finden kann und ihm noch die Kraft geben zu können, zum Vater zu gehen, - das ist Meine Aufgabe!"

Ingra schwieg - sie weinte. Da legte sie ihren Kopf an Seine Brust und sagte: „Mein Jesus, könnte ich Dir doch mehr sein als Deine Dich noch nicht verstehende Ingra. Mit meiner Liebe möchte ich Dir dienen. Wenn ich auch nicht Dein Weib werden darf, dann lasse mich Deine Schwester sein. Aber Jesus, eine Schwester kann doch nicht so lieben wie ein Weib?"

Jesus spricht: „Doch, Meine Ingra. Eine Schwesterliebe ist ohne Verlangen, die Liebe eines Weibes aber ist eine verlangende!"

„O mein Jesus", sagt sie, „es ist so schwer, Dir alles zu sagen, was mich bewegt. Ich habe ein Verlangen an Dich: Bitte rede mit mir so, dass ich Dich voll und ganz verstehe. Ich vertraue Dir so, wie ein getreues Weib ihrem angetrauten Mann vertrauen kann. Denn mein Gott, der mir diese Liebe in mein Herz legte, muss doch Liebe sein und nicht das ewige Gesetz. Siehe, ich lehne mich an Dich, wie ich mich oft an meine Mutter lehnte. Seit ich Dich kenne und liebe, tue ich es nicht mehr. O wie habe ich mich gesehnt, nur eine Minute mich an

Dich zu lehnen, an Deiner Brust nur einmal auszuruhen von dem vielen Sehnen. Und nun tue ich es. Doch trennt das Dich von mir?"

Jesus nimmt sie ganz in Seine Arme und spricht: „Ingra, wer in solch einer Liebe nur das Verlangen hat, auszuruhen und sich zu stärken an der Brust des Geliebten, - siehe das trennt doch nicht. Aber könntest du auch den Entferntesten an deine Brust nehmen?"

Sagt sie, Ihn loslassend: „Jesus, einen fremden Menschen, und noch dazu einen bösen, an die Brust nehmen, kann doch nicht Dein Wille sein? Würde der nicht alles zerstören in der Brust eines Liebenden?"

Spricht Jesus: „Ingra, nicht einen Fremden und Bösen, sondern einen Verlorenen und Verirrten, der willig ist, ein anderer zu werden, der aber zu schwach ist und zu blind vor der Heiligkeit der Liebe."

Spricht sie: „Jesus, warum gibst Du Dich mit solchen Problemen ab, was bezweckst Du denn eigentlich mit mir schwachem Mädchen?"

Ganz ernst spricht Jesus: „Ingra, Ich brauche einen Menschen, der Mich versteht! Siehe, nicht einen Menschen zu haben, dem man auch einmal sein Sehnen mitteilen kann, das erschwert Mein Ringen! Du sagtest, an der Brust deiner Mutter hast du Ruhe und Stärkung gefunden. Ich aber hätte es so gerne getan, aber wenn einen die eigene Mutter nicht versteht?"

„Was", spricht sie, „die eigene Mutter versteht Dich auch nicht? O mein Jesus, Du Armer, komme an meine Brust. O könnte ich Dir geben, was du von deiner Mutter erhofftest. Komme, mein Jesus, heilig soll mir diese Stunde bleiben. Aber nun nichts mehr sagen, denn dann wirst Du mir unverständlich."

So wurde Er in Sich mit ihr ganz eins. Alles in Ihm wurde ruhig und Ingra schlief ruhig ein. Er aber ruhte an ihrer Brust und wachte über ihren Schlaf und betete zu Seinem Vater, dass Er ihr ein Erleben schenken sollte.

Da sprach der Vater in Ihm: „Nicht nur die an Deiner Brust ruhende Ingra, sondern auch Du!"

Jesus aber schlief nicht. Er versetzte sich in das Liebeleben dieses schlafenden Mädchens, das so voller Liebe und Vertrauen es Ihm ermöglichte, Seinen herrlichen Vater in diesem Mädchen zu erleben.

Mit Tagesanbruch verließ Er dieses Gemach und das noch schlafende Mädchen und ging in den Garten, wo Ihn schon Sein väterlicher Freund erwartete. Er eilte hin zu ihm und sagte: „Ich habe Meinen Vater gebeten, dass du auch alles erleben solltest, was Ich und das Mädchen erlebten."

„Ich ahnte es, mein junger Freund", erwiderte der alte treue Herr, „denn zu ungewöhnlich war das Erleben. Wenn es auch nur ein Traum war, so wusste ich doch, dass es dem Kinde ein herrliches Geschenk Deines Gottes und Vaters war. O Jesus, vollbringe das Werk. Heute weiß ich, dass Deine Sendung gottgewollt ist und heute verstehe ich Dich, dass Du mein Sohn nicht werden kannst und darfst."

Spricht Jesus: „Mein lieber väterlicher Freund, bald wirst du einen Sohn an deine Brust drücken können. Dieses offenbart Mir jetzt Mein Vater. Du wirst auch noch einen Enkelsohn an deine Brust drücken und dann wirst du dich dieser Morgenstunde erinnern."

Sagte der alte treue Freund: „Nur eines möchte ich noch erfahren von Dir: Darfst Du wirklich kein Weib ehelichen?"

Spricht Jesus: „Warum fragst du, wo dir dein Herz die Antwort schon gab, seit du Mich sahst? - Das schwerste Ringen ist das: Nicht nur nicht ehelichen, sondern nicht einmal begehren darf Ich ein Weib!"

„Dann will ich Dich segnen für Deine Offenheit",

sagte der alte treue Freund. Und so legte er Ihm seine Hände auf Seinen Kopf, küsste Ihn dann auf die Stirn und auf den Mund.

Dann gingen beide durch den großen Garten und besprachen noch so manches über den Garten, der wunderbar gepflegt war. Dann sagte er: „Nun wollen wir unseren lieben Gast abholen, denn sie ist erwacht und sucht Dich."

Es war auch so. Ingra war erwacht. Sie staunt, dass sie allein war und ist ganz verwirrt über den gehabten Traum. Dann kam die Tochter des Hauses und bat sie, in das Gastzimmer zu kommen, da das Morgenmahl bereitet sei und der Vater mit dem Zimmermann auch auf sie warteten. Schnell war sie fertig und folgte der Tochter des Hauses, die sie so merkwürdig anschaute.

„Hast du gut geschlafen?" fragte sie Ingra.

Und Ingra antwortete: „Ja, aber ich habe einen Traum gehabt, der mich noch in seinen Bann hält."

„War es ein guter Traum?" fragte sie Ingra.

Diese sagte: „Nicht nur ein guter Traum, sondern ein wunderbares Erleben, als wenn es kein Traum, sondern volle Wirklichkeit war. Aber erzählen darf ich ihn noch nicht, weil Jesus den Traum zuerst erfahren soll. Dann will ich ihn dir gern erzählen."

Da küsste das Mädchen die ahnungslose Ingra und sagte: „Ich wünsche dir Glück zu deinem Verlobten. Er muss ein guter Mensch sein!"

Da sagte Ingra: „Er ist nicht mein Verlobter, ich bin seine Schwester. Aber ehe ich heimwärts gehe, sollst du alles erfahren. Du liebst Ihn auch, aber liebe Ihn wie einen Bruder!"

Als Ingra mit der Tochter des Hauses in das Speisezimmer eintrat, sagte der alte Vater: „Meine liebe Tochter, nimm auch du an diesem Morgenmahl teil; damit auch du an diesem Geschehen teilnimmst, das unserem Hause widerfahren ist. Du, Ingra, sei herzlich gegrüßt, du Liebling deines Gottes."

Ingra war erstaunt, solche Worte zu hören und sagte: „Mein Vater, verzeih mir, weil ich dich nicht zuerst begrüßte, aber dass du mich den Liebling meines Gottes nennst, kann ich noch nicht fassen!"

Sagt der alte Vater: „Kommt, Kinder, kommt! Mir ist so feierlich, als wenn Gott gegenwärtig wäre."

So nahmen sie Platz nach der Ordnung, die der Hausherr bestimmte. Links von Jesus der Hausherr und rechts von Ihm Ingra und rechts von Ingra die Tochter des Hauses. Nach der Sitte der Juden segnete er das Frühmahl. Dann nahmen sie die Suppe, Brot mit Honig und Milch ein, schweigend und in einer Feierlichkeit, als wenn noch etwas Großes bevorstände.

Dann sagte der alte Vater: „Du, meine Tochter Ingra, hast einen herrlichen Traum gehabt. Bitte erzähle uns denselben, damit ich den Beweis erhalte, dass dein Traum auch der meinige war und meine Tochter erfahre die unsagbare Gnade eures Gottes, der nun auch mein Gott geworden ist."

Ingra erzählte ohne Scheu: „Als ich an der Brust meines Bruders Jesus eingeschlafen war, wurde es, obwohl es um mich dunkel war, licht. Ich wunderte mich über dieses Licht und sah um mich und sah doch keinen Leuchter oder Lampe. Immer heller wurde es und dann kam mein Vater, ganz so wie er lebte und noch lebt in meinem Gedächtnis seit seinem Tode. Er grüßte mich und drückte mir einen Kuss auf die Stirn und sagte: ‚Ingra, komm mit mir, damit du die Herrlichkeit Gottes und den Garten Eden erlebest, in dem ich lebe.'

Er nahm mich bei der Hand. So eilten wir beide über ungeheure Strecken, aber in einer Schnelligkeit, die nur im Traum möglich ist. So waren wir schnell an einem schönen Ort. Es duftete lieblich, überall waren

Fruchtbäume mit reifen Früchten. Ebenso waren aber auch Blüten und Knospen und halbreife Früchte zu sehen. Überall die schönste Ordnung. Wir gelangten an eine kleine Hütte, von außen nicht schön, ganz im Gegensatz zu der Schönheit des übergroßen Gartens. Wir traten ein. Und da muss ich gestehen, so ärmlich sah es in der Hütte gar nicht aus. Alles war einfach, nur ein Fenster, aber ohne Glasscheiben. Es gab einen Ausblick auf einen kleinen schmalen Fußweg, den ich vorerst gar nicht sah. Als ich mit meinem Vater nun hinausblickte, kommt ein junger Mann mit einer schweren Last auf dem Rücken auf uns zu und bleibt mit einem Mal stehen, schaut hin zu uns und winkt uns zu.

Da sagt mein Vater: ‚Er kann nicht über den Bach, in dem ein reißendes Wasser läuft. Es kamen so viele hierher, aber leider kann ich nicht immer helfen.‘

Ich sagte: ‚Vater, du musst helfen. Du hast mich doch selbst gelehrt: Wer in Seenot ist, dem muss man helfen.‘

Da sagte er: ‚Ingra, hier ist doch kein See wie zu Hause, hier ist doch alles Festland.‘

Da sagte ich: ‚Vater, es muss doch Möglichkeiten geben, Hilfe zu bringen. Komm, ich habe keine Ruhe, bis ich weiß, was der Mann will.‘

Und ohne ein Wort zu verlieren, gingen wir die vielen Schritte und als der Mann uns kommen sah, legte er seine Last ab und erwartete uns. Ich bin erschrocken, denn in dem Mann erkenne ich meinen Bruder Jesus. Aber in welch einem Zustand, abgemagert bis auf die Haut und bittend sprachen seine Augen: ‚Helft Mir!‘ Wir kommen Ihm ganz nahe, nur das Wasser trennt uns noch.

Da sagt mein Vater: ‚Ingra, überzeuge dich selbst, dass hier keine Hilfe zu bringen ist.‘

Ich aber sagte: ‚Doch, Vater! Soll dir ein Armer

nachsagen müssen, dass du einem deine Hilfe versagt hast? Wenn du nicht kannst, warum baust du nicht eine Brücke? Aber nicht über das Wasser, sondern im Wasser.'

,Hast Recht, Ingra, daran dachte ich nicht.'

Dann sagte mein Vater zu dem wartenden Mann: ,Habe etwas Geduld. Du hast Hunger. Ich werde dir ein Stück Brot holen und hinüberwerfen, bis die Brücke fertig ist.'

Rasch eilte mein Vater in die Hütte und brachte ein großes Stück Brot und warf es dem Mann hinüber, der es auch geschickt auffing und auch sofort zu essen anfing.

Inzwischen suchte mein Vater Steine, um einen Weg im Wasser zu bahnen, und ich half ihm dabei. Es war eine mühselige Arbeit, und mir war, als wenn die Steine im Wasser wuchsen. Dann rannte mein Vater ein Stück in den Garten und brachte ein starkes Stück Holz von einem gefällten Baum, legte es auf die Steine und ließ es an das andere Ufer fallen. Es reichte gerade, und die Brücke war fertig.

Als Erster betrat mein Vater die Brücke und ohne zu schwanken, ging er darüber, begrüßte den Gast, bat Ihn um Verzeihung, dass er Ihn so lange warten ließ. Dann nahm er dessen Bürde auf sich und sagte: ,Komme in mein verlassenes Heim, dort werde ich Dich erst einmal richtig stärken von Deiner mühevollen Wanderung.' So geschah es dann auch.

Als wir in die Hütte kamen, die Bürde nahm mein Vater mit in die Hütte, entnahm er aus dem Schrank, den man gar nicht sah, da er in die Wand eingebaut war, Brot und Früchte und setzte es seinem Gast und mir vor. Als wir aßen, hörten wir wieder einen Ruf. Ich sehe, dass wieder einige Männer an der neuen Kunstbrücke stehen. Mein Vater geht hinaus, so höre ich, wie sie um Unterkunft bitten und um etwas Speise.

Sagte mein Vater: ‚Ich habe wohl schon einen Gast, aber es wird sich schon machen lassen. Die Hütte ist wohl klein, aber dafür ist der Garten groß.‘

Der Vater bringt die vier, da ist auch schon die Hütte besetzt von den Sitzgelegenheiten. Mein Vater aber hatte keinen Platz mehr, er musste stehen. Nun wurde der Schrank geleert von dem Brot und den Früchten, und alle wurden satt.

Dann sagte mein Vater: ‚Das ist meine Tochter Ingra. Wenn ihr bleiben wollt, dann seid ihr herzlich willkommen. Aber meine Tochter müsset ihr als eure Schwester ansehen. Denn hier ist ein heiliges Land, welches ich immer mit Ehrfurcht betrachte und betrete. Hunger brauchen wir nicht zu leiden. Aber achtet meine Tochter, die ich als Geschenk meines Gottes betrachte. Sie wird uns dienen.‘

Da lachten die vier, und einer sagte: ‚Lasse dich nicht auslachen! Das deine Tochter? - Nein, deine Geliebte wird es sein.‘

Da stand der erste Gast auf und sagte: ‚Freunde, der Wunsch unseres Wirtes wird respektiert. Denn es ist die erste Gnade, die wir erleben von unserem Gott, den wir wie daseiend erleben. Wir haben nun ein Heim. Wir wollen Gott danken, dass Er uns einen Menschen geschenkt hat.‘

Da murrten die anderen und mein Vater sagte zu dem ersten Gast: ‚Freund, bleibe du bei mir, ihr aber ziehet weiter, da ihr mein Haus schänden wolltet. Mit Schmutz habt ihr es schon beworfen. Um aber ganz sicher zu gehen, sage ich dir, mein Freund: Wenn du willst, betrachte meine Tochter wie deine Braut, damit auf mein Kind auch nicht der leiseste Makel falle. Sie ist zu mir gekommen. Ich weiß nicht, ob sie hier bleiben will und kann. Willst du, dann segne ich dich als meinen Sohn. Du aber, Ingra, bist von nun an die Braut meines Sohnes.'

Da standen die vier auf und sagten: ‚Na, da wünschen wir euch viel Glück. Das wird ein schönes Leben geben. Der Vater und der Sohn und dasselbe Mädchen. Auf Wiedersehen nach eurer Hochzeit.' Mit diesen Worten verließen sie unsere Hütte.

Dann stand der junge Mann auf und sagte: ‚Mein Vater, du gabst Mir deine Tochter als Braut. Ich danke dir mit Meiner ganzen Liebe. Denn als Mein Weib hätte Ich sie ablehnen müssen. Du, Meine Ingra, willst du Meine ewige Braut sein? Dann komme an Meine Brust und du sollst die Herrlichkeit Meines Vaters sehen!'

Ich gehe hin zu Ihm. Er öffnet die Arme und spricht: ‚Ingra, halte das Brautgemach rein, auch wenn du eines anderen Mannes Weib sein wirst. Halte für Mich immer das Brautgemach rein. Du aber, Mein Vater, richte ein Mahl, ein Liebesmahl, denn es werden jetzt immer viele bei dir einkehren. Da du Mir deine Tochter als Braut geschenkt hast, sollst du belohnt werden von Meinem ewigen Vater.'

Ich staunte ob dieser Rede. Immer deutlicher wurdest Du, Jesus, und Dein Auge wurde immer leuchtender.

Eine große Menge seliger Menschen kam auf unsere Hütte zu. Da sagte ich: ‚O Mein Jesus, wohin mit den vielen Menschen? Wenn ich eine Bitte an Dich richten darf, dann schaffe Raum, damit in dieser heiligen Brauthütte Platz für alle werde.'

Im Augenblick stand ein fertiges Haus da. Ich ahnte gar nicht, dass es schon fertig sei. Ich sah nur den großen Raum mit vielen Tischen und Stühlen und einfachem Geschirr in großer Menge.

Auf den Tischen standen brennende Leuchter und Du, mein Jesus, in einem einfachen, aber strahlenden

Gewand vor mir und sagtest: ‚Siehe, Ingra, so wird es jedem ergehen, der in Liebe und Vertrauen Mich bittet für andere. Ohne die Brücke zu benutzen, können nun viele Brüder und Schwestern kommen. Aber nicht Mein Vater, sondern du hast sie alle willkommen geheißen.'

Dann sagtest Du, mein Jesus, zu meinem Vater: ‚Nun sei du der Vertreter Meines Gottes und Vaters, und alles, was du in deiner Liebe willst, wird geschehen. Denn du warst über ein kleines getreu, hast dich niemals vermessen, etwas zu tun, was Meinen Vater betrübt hätte. Hast das Alleinsein auf dich genommen und Kindesliebe musste dich erst aufrütteln, dass Mein Lebensgrundsatz in dir sich auch hier im ewigen Reiche verwirklichen lasse. So gehe Ich wieder dorthin, wo sich die Pflicht und der Gehorsam als nötig erweisen.'

Mein Jesus war verschwunden, aber die vielen Fremden blieben. Und während sich alle sättigten, erwachte ich. Ganz tief beeindruckt stehe ich noch vor euch."

Sagte der alte treue Hausvater: „Genauso habe ich es auch erlebt und Du mein Sohn doch auch?"

Da sagte Jesus: „Genauso habe Ich es auch erlebt, und du, Ingra, habe Dank für deine Liebe. Ich bleibe dir dein ewiger Bräutigam und allen, die Mich gleich dir lieben. Weiter darf Ich euch nichts sagen, denn Meine Stunde ist noch nicht gekommen."

Ingra musste nun Abschied nehmen.

Da sagte Jesus: „Ingra, du wirst ein kurzes Eheglück haben. Aber wenn Meine Stunde gekommen ist, werde Ich auch in deinem Hause einkehren und dich und deine Kinder segnen. Habe innigen Dank für deine Liebe. Nur einem einzigen Menschen darfst du alles sagen und offenbaren - deiner Mutter."

Der alte treue Hausvater übernahm die Sorge für Ingra. Sie wurde in einem Wagen sicher heimgebracht bis an die Grenze ihres Heimatdorfes. Jesus aber ging schnell an Seine Arbeit, damit Sein Bruder keinen Groll in sich gegen Ihn aufkommen lassen konnte.

VII. Jesu Besuch als Heiland in Ingras Heimat

Einige Jahre später. Durch alle Lande ging der Ruf Jesu voraus als Heiland und Prophet. Auf Seinen Wanderungen mit Seinen Jüngern kommt Er auch in das einfache Fischerdorf, welches die Heimat der Ingra war. Viele Kranke und Bresthafte warteten oder begleiteten Ihn. Aber als Er in das Dorf kam, da Ingra wohnte, ließ Jesus sagen, dass morgen alle in das Haus der Ingra kommen sollten, denn der heutige Tag und Abend sei nur der Witwe Ingra zugedacht, weil sie alle der Not dieser Witwe so wenig gedacht haben und sich ihrer gar nicht angenommen hatten. Alles Bitten war umsonst.

„Gehet heim und kommet morgen wieder, wenn nicht, dann werde Ich hart vorübergehen. Habt ihr euch der Not der Ingra nicht erbarmt, dann werde Ich Mich so verhalten, wie ihr euch verhalten habt der Ingra gegenüber."

So hatte Jesus mit Seinen Jüngern Ruhe. Und so kehrte Er mit Seinen Jüngern bei Ingra ein, die bangenden Herzens auf Ihn harrte. Als Er mit den Seinen ihr Haus betrat, umarmte sie Ihn, und lange lag sie weinenden Herzens an Seiner Brust, zum Befremden Seiner Jünger.

Ingra aber sagte: „Endlich, mein Jesus, bist Du gekommen. Nun ist alles gut. Wie habe ich mich nach Dir gesehnt in meiner Not. Doch nun bist Du gekommen."

Spricht Jesus: „Ingra, nun bist du reif für all das, was dir Meine Liebe zugedacht hat. Sorge dich um nichts mehr. Du hast vergebens an die Türen geklopft. Du wolltest Mir ein Liebesmahl bereiten, aber deine geizigen und harten Nachbarn hatten keinen Sinn für deine Bitten. So sollst du aufs Neue die Herrlichkeit Meines Vaters erleben."

In einem Augenblick war das Haus viel größer und schöner, und mit allem ausgerüstet, was sich als nötig erwies. Auf den Tischen stand wohl zubereitet ein fertiges Mahl, würdig einer Königstochter. Die beiden Kinder standen in neuen Gewändern vor ihrer Mutter, die ganz fremd aufschauten auf ihre Mutter, wie sie sich unter Weinen an Jesus, anlehnte.

Jesus segnete die Kinder und sagte: „Nun, Brüder, wollen wir uns stärken mit dem, was Ingra aus ihrer Liebe für uns ersehnte."

An diesem Tage kamen Seine Jünger nicht auf ihre Kosten, denn ihr Meister hatte sich nur der Ingra und ihren Kindern gewidmet. Sie hatten noch niemals gesehen, dass ihr Meister einmal ein Weib umarmt hatte.

Die weinende Ingra aber sagte: „Jesus, ich habe für Dich das Brautgemach immer rein gehalten. Denn in meinem Mann sah ich nur Deine Liebe. Dein Wort hat sich erfüllt, dass ich nur ein kurzes Eheglück haben werde. War das nötig, mein Jesus?"

Er aber sagte: „Ingra, das tat dir Mein Vater und was Dieser tut, ist immer richtig. Aber der Sohn wird dir geben, was Mein Vater nicht durfte."

Die ganze Nacht blieben alle wach. Das Haus aber wurde immer und immer wieder aufgesucht von den neugierigen Nachbarn.

Als der Tag graute, kamen auch schon die ersten Kranken, die von Ihm Heilung erwarteten. Als sich nun der Hof und die Straße mit Kranken füllte, sagte Jesus:

„Ingra, stärke die Kranken mit dem Wein, der noch auf den Tischen in den Krügen steht. Alle sollen gesund werden, wenn du es im vollen Glauben tust. Nur weil du geglaubt hast, konnte Ich zu dir kommen; in deinem Glauben an Mich hast du Mir den Weg zu dir geebnet. In Zukunft werde Ich aber auch nur dort Einkehr halten, wo Mir der Weg so geebnet wird, wie du ihn Mir geebnet hast."

Ingra tat, wie ihr geheißen. Und als es Mittag war, waren alle gesund, gespeist und in ihre Heimat geschickt.

Vor dem Abgehen sagte Jesus zu ihnen: „Gehet in eure Hütten. Ingra wird euch Meinen Willen, wie auch Meine Lehre mitteilen. Sie wird eure Kranken heilen in Meinem Namen, sie wird euch allen Schwester sein und werden, bis ihr alle an Mich glaubet und in Meinem Liebegeist lebendig werdet."

Da wunderten sich Seine Jünger, dass Er hier ganz anders sei als an anderen Orten.

Da sagte Er: „Brüder, murret nicht. Ingra glaubte an Mich, und Ich war ihre einzige Hoffnung. Ich wusste um ihren Glauben. In Zukunft werdet ihr erleben, was der wahre lebendige Glaube vermag. Auch ihre leibliche Not konnte ihren Glauben nicht erschüttern."

Nun war die Stunde gekommen, wo es galt, Abschied zu nehmen. Da umarmte Ingra nochmals Jesus und sagte: „Jesus, bleibe Du mein Bräutigam, bis ich in Deinem Reiche von Deinem Vater anerkannt werde wie vor zehn Jahren."

Da sagte Jesus zu ihr, dass es alle hörten: „Ingra, in Meinem Reiche werden wir uns wiedersehen, und du wirst dann deine Liebestreue belohnt finden. Dann wird nochmals eine Zeit kommen, wo du Mich als Mensch erleben wirst."

Weitere Werke von Max Seltmann

ERLEBNISSE MIT JAKOBUS
auf der Reise nach Edessa

In Edessa im mesopotamischen Königreich Osrhoene, wird die Geschichte überliefert, dass König Abgarus V. von Edessa von dem berühmten Heiland Jesus und seinen Wundertaten Kunde erhielt. Da er selbst schwer erkrankt war, sandte er einen Boten an Jesus, um ihn nach Edessa einzuladen, damit dieser ihn von seiner schweren Krankheit heilen möge.

Jesus pries den König selig: „Selig bist du, der du an mich geglaubt hast, ohne mich gesehen zu haben." Da er aber nicht persönlich zu ihm kommen konnte, versprach er zu einem späteren Zeitpunkt, einen seiner Jünger zu senden.

Diese umfangreiche Erzählung handelt nun von den Erlebnissen des Jüngers Jakobus auf der Reise von Jerusalem nach Edessa zu König Abgarus.

Was der Jünger Jakobus auf dieser zweijährigen Reise durch die Heidenländer an Begegnungen, Wundern, Krankenheilungen und Zeugnissen erlebte, erfahren wir in dieser inspirierenden Erzählung, die weit mehr ist, als nur ein Roman.

580 Seiten, Paperback (21,5 x 13,5 x 4,0 cm)
Preis: 19,80 € oder als E-Book 9,99 €
ISBN 978-3-7528-7356-6
Bezug portofrei über Books on Demand Buchshop
oder über Amazon und im Buchhandel

Naeme

Ein Lebensschicksal
und die Führungen Gottes
zurzeit der ersten Christen

Diese Erzählung handelt von den Erlebnissen einer jungen Frau, der Tochter eines jüdischen Tempelpriesters, die sich zurzeit der ersten Christen in Jerusalem zum Christentum bekehrt.

Sie erlebt das Leid der Christenverfolgung am eigenen Leibe, aber auch die Führungen Gottes und den Segen eines im Glauben und Vertrauen gegründeten Lebens, welches sie durch die Wirren der damaligen Zeit hindurchträgt.

Paperback, 104 Seiten, Format 19 x 12 cm
Preis: 5,99 € oder als E-Book 2,99 €; ISBN 978-3-7534-0674-9
Bezug portofrei über Books on Demand Buchshop
oder über Amazon und im Buchhandel

Erlebnisse mit Jesus

Diese Erzählung beinhaltet Szenen aus dem Erdenleben des jungen Jesus vor dem Beginn seiner Lehrtätigkeit.

Von Jesu Kämpfen und Versuchungen und dem Unverständnis seiner Umwelt gegenüber seiner großen Mission wird in anregenden und bewegenden Episoden berichtet.

Paperback, 94 Seiten, Format 19 x 12 cm
Preis: 5,99 € oder als E-Book 2,99 €; ISBN 978-3-7534-0695-4
Bezug portofrei über Books on Demand Buchshop
oder über Amazon und im Buchhandel